U0928671

汉译精品·文化生活

（加拿大）约翰·维尔兰特 著

马永波 杨于军 译

金针云杉

江苏人民出版社

图书在版编目(CIP)数据

金针云杉:一个荒诞、疯狂和贪婪的真实故事/
(加拿大)维尔兰特著;马永波,杨于军译--南京:
江苏人民出版社,2013.3
(汉译精品.文化生活)
ISBN 978-7-214-05849-2

Ⅰ.①金… Ⅱ.①维… ②马… ③杨… Ⅲ.①长篇小
说一美国一现代 Ⅳ.①I712.45

中国版本图书馆 CIP 数据核字(2009)第 092188 号

书　　名　金针云杉:一个荒诞、疯狂和贪婪的真实故事
著　　者　[加拿大]约翰·维尔兰特
译　　者　马永波　杨于军
责任编辑　曹富林　王翔宇
出版发行　凤凰出版传媒股份有限公司
　　　　　江苏人民出版社
出版社地址　南京市湖南路1号A楼,邮编:210009
出版社网址　http://www.jspph.com
　　　　　http://jspph.taobao.com
经　　销　凤凰出版传媒股份有限公司
照　　排　江苏凤凰制版有限公司
印　　刷　江苏凤凰新华印务有限公司
开　　本　880毫米×1230毫米　1/32
印　　张　7.5
字　　数　160千字
版　　次　2013年3月第1版　2013年3月第1次印刷
标准书号　ISBN 978-7-214-05849-2
定　　价　25.00元
(江苏人民出版社图书凡印装错误可向承印厂调换)

目　录

序言　浮　木

在阿拉斯加，我们很难发现琐细之物。在距加拿大边境以北 30 英里的一座荒岛上，当海洋生物学家斯科特·沃克蹒跚走过一条海豹皮艇时，他确信自己碰上了好运。阿拉斯加和英属哥伦比亚交汇重叠的沿海边界参差不齐，它连接起的不仅仅是两个广阔而不同的国家，而是两片面积同样广袤的荒野。西边是北太平洋的巨大深渊，东面的绵延山脉形成了西北部卡斯卡底古陆的主体。这些不同世界的海岸线相接互补，人烟稀少，雾气笼罩，群山被低低的云层遮断。海平面上，深海海湾、狭窄的海峡和被岩石包围的岛屿组成了一个漫长而盘绕的网络。这是一个自足的世界，临海的山峦把它与北美的其他部分隔开，参差的山峰常年积雪。西面的一些地方突兀地插入海里，以至一条小船可能距海岸只有 50 英尺，但船下海水竟深达 500 英尺。这一带偶尔才有人巡逻，大部分地区被 20 英尺的潮水占据，亚北极风暴从阿拉斯加湾盘旋而下，猛袭大陆狭长的树根状边缘。即使在宁静的日子里，海岸也仿佛披着迷蒙的薄纱，那是由绵延 2000

英里的太平洋不断冲刷、击打坚硬的海岸蒸腾、升华而成的。

猛烈的风、时常萦绕的雾以及超过 15 海里的汹涌潮水，使这里的海岸极具毁灭性。船只、飞机或人一旦在这里消失，就再也不可能被找到，即使偶有发现，那也是很久以后，且通常是在像极缘那么边远的地方。1997 年 6 月一个晴朗的下午，当斯科特 · 沃克调查当地的鲑鱼养殖时，他 17 英尺的快艇就停泊在那里。和阿尔卑斯山漂石地带的海滨完全不同，极缘算不上海滨，只是在地质时期，这一边缘恰巧落在海平面上。极缘在玛丽岛南端，在一片低低的森林和石头构成的叫做“危险通道”的海峡一侧，经由潮水冲磨而成，布满坚硬的岩石。距极缘最近的岛是“危险岛”，这两个地方的命名都不是随意而为的。

像大多西北海岸一样，极缘遍布漂木和整棵的树木，这些树木直径可达 5 英尺，埋在 20 英尺深的地下。这片闪闪发亮的林地，大部分已因原木砍伐和驳船运输的震动而变得疏松，它们高高堆叠，极地风和太平洋的海浪都可以把它们抛起。人造物品也有可能被整个推上岸，但不会持久，在堆积的原木和无法移动的砾石中间，几轮潮水就会将其敲打成碎片。所以，在这种情况下，玻璃纤维船就和因纽特人的划子一样，往往被破坏得很彻底，几乎无法辨认，更不要说被找到。曾经有一条玻璃纤维游艇或皮筏来不及发出遇难信号就失踪了，三年后才在类似极缘的地方被发现，最大的残骸只有 2 英尺长，而且还是因为被吹到了灌木丛中才得以保存下来，60 英尺长船体的其余部分都变成了纸牌大小的碎片。所以斯科特 · 沃克庆幸自己来得还不是太迟，皮筏的一部分还有可能抢救出来。

这里的海滩偶然会保存人类拼搏的结果：一艘渔船的红木门、“二战”时期飞机的残骸、坠落卫星的碎片，都有可能出现。每一件人工制品都有自己的故事，尽管很难有圆满的结局，多数是找到它的人获益。25 年来，斯科特·沃克一直在收拾别人丢弃在这里的东西，在对漂浮的失事船只残骸和船货的辨认中成了非专业的专家。如果找到的物件有利用的可能，有趣又方便携带，就依照海边流浪汉的做法据为己有。当沃克发现了断裂的皮筏，并开始拆卸以寻找不锈钢部件的时候，他执行的正是这个惯例。

但当他从手上的工作抬起头时，他注意到一些东西，让他感到迟疑。散落在潮水线地带的是一些私人物品：雨衣、救生筏、斧子——然后这让他想到他的战利品也许不只是从海滨或海边船坞冲下来的。他又发现了更多——炉子、剃须盒、救生衣——他的好运和别人的不幸之间的距离缩小了。这自然不会只成为一次简单的发现。他从较重物品的位置降低到高潮线与低潮线之间推断，皮筏被冲上岸并被低潮击碎，较轻的物品包括游艇的大部分碎片一定是被后来的高潮和风推向海滩的，所有这些都使他警觉起来。尽管被裹在一条原木上，睡袋还几乎是完好的，没有玷污的痕迹，没有盐和阳光造成的褪色，救生衣也一样，像刚从货架上拿下来似的。炉子修修也还能用，由于被夹在水边岩石间，它稍稍有些生锈。冬天风暴季节——这海滨最大的破坏力刚刚过去，船只失事一定是最近的事，他想，也许只是几个星期前。他犹豫着，想把炉子和睡袋扔进自己的小船，然而考虑到事故种种的可能性，陌生人的惊恐和自己的欣喜之间令人不快的差别，他又决定把东西放回原处。而且他想，它们也许可以用作证物呢。——不过，没有人会错过不锈钢螺钉，于是，他把它们装起来，接着朝海边走去寻找尸体。

沃克没有找到什么人，只通过向北30英里外克奇坎的阿拉斯加州骑兵，才了解到他的偶然发现的背后的故事。皮筏和它的主人是一个加拿大木材供应商和老练的林中居民，他已经失踪了——不是几个星期，而是几个月。因为一桩前所未闻的奇怪罪行，这个人似乎正在被通缉。

第一章　不同世界之间的门槛

美是存在的，是的

但是在人们判断它是美的之前，谁会知道呢。

——拉尔夫·安德鲁斯，《木材》

在西北海岸，海洋和树木之间没有优雅的界限，森林越过潮水痕迹模糊的地方，在隐暗、多石的地上繁盛地生长。即使有界限也经常变换，因为海水不甘示弱，会抓住每一次机会把石头、原木甚至海水本身推向森林。同时，海边的松树和柏树的根系也企图获得岩石上本来更适合帽贝和藤壶的位置，针叶茂密的树枝向海星和海葵的领地投下阴影。空气顿时弥漫着浓浓的海草腐烂和木头蛀蚀的气味。站在海滩上，你可以望到海天相连的地方。转向陆地，你又会发觉自己仿佛置身晦暗的房屋内，瞳孔被迫扩张以填补幽闭恐怖的空白。人的踪迹、故事的线索在这里很容易迷失。甚至树木也因为苔藓和蕨类植物的包裹，显得隐蔽、莫测。

海滨森林是令人敬畏的地方：它充满巨大、神圣和永恒的感觉，像是树枝和针叶装点的巴黎圣母院，但是对陌生人而言，绝不是一个可以安身的地方。你可能离公路或海滩才20步远，就迷了路，完全辨别不了方向。一旦进入这里，就再也没有未来和过去，只是潮湿、晦暗的现在。脚下盘根错节，随时有折伤腿脚的危险。每50英尺左右，就有覆盖着苔藓的倒木形成一堵墙，挡住你的去路，它可能比你高很多，横在地上有几百英尺长。这些被叫做滋养原木的东西会长出新树的柱廊，它们有50年的树龄，像尖桩篱栅一样整齐。这里，生死以及物种间的界限变得模糊、交错：每一种都被另一种用作发射坪，每个个体都想拥有一片天空。而下面是茂密的下层丛林，透过树木你望不到多远。不知哪里传来潺潺的水声。地面柔软而有弹性，像那种有加固弹簧的沙发。如果待久一点儿，你就会感觉仿佛有什么东西长满你的全身，你就会被这缓慢、古老的生命包裹起来。这令人窒息的气氛会让你不顾一切地渴望重见天日——如果没有这些树木，这样的事情本来是可以轻而易举的。

通过卫星可以俯视到，北美沿海的温带丛林像精致的绿色蕾丝花边装点着大陆西岸。工业化伐木和运输时代开始之前，这纤巧的镶边还不足50英里宽，实际上，它经过英属哥伦比亚、华盛顿、俄勒冈州、门多西诺角，从阿拉斯加南部的科迪亚克岛绵延2000英里一直到加利福尼亚。沿着整个森林，在太平洋和大陆的其他部分之间形成一道天然防波堤。就在这里，通过北太平洋的缓慢风暴被阻隔在路途上。雨云像盛满空气的水袋，和沿海群山上空的冷空气相撞、迸发，后果往往令人震惊。1998年冬天，无情的低压系将95英尺的雪倾倒在贝克山上、华盛顿州边界以及英属哥伦比亚地区（创造了世界纪录）；在海拔稍低之处，雨水足以使方舟漂浮起来。

在太平洋斜坡和大海漫长而潮湿的走廊间，温和的气候形成了一个巨大的陆地动物饲养场。这是环境用来维持大批生命的完美设计，包括地球上一些独立生物种群。主要的西海岸物种——红杉、糖松、西铁杉、花旗松、壮丽冷杉、黑三叶杨、红柏树和西加云杉——都是树种中的巨人。这些巨树的存在大多是因为按重量计算西北森林比其他生态系统（包括赤道地区的丛林）能滋养更多生物种群。

热带和温带雨林的主要差别与气温及地域有关。热带雨林多分布在赤道地区，处于大陆炎热的中心，而温带雨林则繁衍在寒冷多雾的边缘地带，靠近南北两极。这些森林习惯稳定的气候，不太冷也不太热，背靠大山的西海岸线是理想的居所。大山挡住了大量的融雪和雨，并形成河道。这些条件在两个半球都可以找到，但只限于纬度 40 度到 60 度之间。只要温度保持在华氏 38 度以上，温带雨林的针叶树就可持续生长，这是它们长得如此巨大的原因之一。在这种气候带上，树种根据它们的生长地域而呈现出多样性，和远在内陆和赤道的同类大相径庭，原因在于它们和海洋的关系，而不是它们本身。

像多数野生物种一样，沿海温带雨林的数量也在相对较短的时间内急剧缩减。大约 1000 年前，人们还可以在除非洲和南极洲以外的所有大陆上找到温带雨林。繁茂的日本沿海森林，曾一度是跨太平洋的同类物种，针叶树在类似美洲西北部的气候中长得非常高大。而现在那些森林消失了，只留下为数不多的还矗立在公园和寺院里；苏格兰高地，长期以来布满了贫瘠的高沼地和欧石南的地方，也曾是温带雨林的家园；爱尔兰、冰岛、黑海东岸、挪威北海岸还有残留的雨林踪迹，而惟有智利、塔斯马尼亚岛和新西兰的南岛拥有和西北太平洋相似品质和特征的温带森林，它们是这些森林世界的主宰。

像托尔金的树人一样，西北森林的树也在海滩上“走”动了上千年。它们在冰川期就逃往南方，冰河期过去又返回领地。现在它们正在返回途中。西加云杉以每百年一公里的速度向北前进，进入阿拉斯加。西红柏树是西北沿海部落用作建筑的材料，在现今的生长地只存在了五六千年。这样，虽然某些个别树种非常古老，属于古生物，但它们所处的森林，按照地理标准计算，还属于幼年，按照人类历史计算也是如此。等到这些树木成熟时，人类已经在北美生存了至少 5000 年了。

直到近期，人们对北美沿海森林的认识还很肤浅，甚至在伐木运输时期，它还被视为生物学的沙漠，植物分类和对森林其他生物的研究还处于草创期。森林地被物和树冠部分，活跃着各种生命。估计每平方米温带森林土壤含有代表 1000 个物种的 200 万个生物。俄勒冈州立大学昆虫学家安迪·莫丹克，根据在一只中等大小的鞋底面积下可能发现的结果计算，在俄勒冈海边森林，每迈一步就可能带走 16000 个无脊椎动物。

人们大多时候未注意到这类活动，有时也只是略有感觉。置身与羊膜动物交界的古老沿海雨林中，如果安静细致地观察，会发现声音在几乎不流动的空气里的传播方式很不一样。因为森林靠近海岸，海洋和海洋生物在森林中穿插出现，在高纬度海洋天气里，各种生物就像瑞典式自助餐一般各取所需，从而茂盛地生长。整个生态系统构成一个水栽场网络。在这里，我们通常认为自然的行为和界限被跨越，有时甚至反转过来。借助潮水和降雨，鲑鱼和鳟鱼从深海回到家乡的河流里，但你会发现它们竟悬挂在树枝上！而古老的小海鸦，不可思议地在水下“飞行”，在树根下筑巢。再看它们的近亲，云纹海雀，在高出森林地面十层楼的地方筑巢，然后从这些可能已有数百年历史的苔藓覆盖的筑巢平台上俯冲，完成水下喂食任务。它们的速度达到每小时 100 公里，在森林和大海之间，像大黄蜂一样来回疾飞。秃鹰脑袋一样白的靠海洋食物为生的熊，以秃鹰速度的百分之一，从一个岛游到另一个岛，在高潮线上巡航，它们的脚印和鹿、水獭、貂鼠以及狼的足迹重叠。海豹也会追踪海鱼到森林深处，拖曳着猎物去树下休息，而那棵树可能在上一个冬天曾是一只熊的家。在这里，耐心的观察者会发现树由鲑鱼喂养，鹰会游泳，虎鲸则躲在碎石的阴影里对你虎视眈眈。

就在这不同世界之间的几百码的要道上，西北海岸的印第安人度过了一生的大部分时间，这里交通异常繁忙。在这有限的环境里，他们的艺术品、舞蹈和故事大多以聚会和变形为主题。沿海没有任何地方比夏洛特女王岛更明显地独立于森林、大海和居住地之间。以 18 世纪英国商船的名字命名的夏洛特女王岛，是海达人长久以来的领地。他们世代居住于此，把自己的家叫做海达瓜依。从地图上看，呈翅膀形状的群岛由 150 多个大小岛屿组成。它们仿佛从陆地分离出去，进入了大海，在紧凑的拼图似的内陆和形成西北海岸的岛屿中间留下一个明显的空隙。最近的陆地是阿拉斯加的威尔士王子岛，在北部 40 英里处。夏洛特女王岛是英属哥伦比亚最远的部分，在东方50英里处。南面和西面是海洋，但不是缓缓进入太平洋深处，而是骤跌而下。180英里长的群岛位于大陆架的外边缘，形成9000英尺的水下悬崖。风暴使这些岛屿伤痕累累，沿着它们的西岸，海水深度的突变产生的大浪足以把浮木抛上100英尺的悬崖。变幻莫测的洋流使潮水不是沿两个方向而是四个方向流动。沿着群岛海岸线向下延伸，两英里以下是夏洛特女王断层，向北的太平洋板块和向南的美洲板块以折磨人的缓慢速度和破坏性的力量相互磨擦、挤压。据历史记载，西海岸最强一次地震（里氏震级8.1级）的震中就在这里。

如果夏威夷群岛从海中朝东方和北部提升3000英里，夏洛特群岛可能就不是那个样子了。群岛实际上是渠状雨林，紧靠冰雪山的肩膀，很难到达。丹麦人威图斯·白令曾探索过阿拉斯加海岸。库克船长早在欧洲人涉足夏洛特女王群岛前就到达了澳洲。甚至现在，坐车或渡船从西雅图或温哥华出发前往夏洛特女王群岛也要花上三天的时间。欧洲人已经得知这些岛屿充满神秘和启示，甚至伐木工和土地规划者都用“富有魔力”来形容它们。佩里·保勒，来自邻近陆地鲁泊特的退休拖船驾驶员，概括得很是准确，“那里的一切都神秘莫测”。这片土地位于西部边缘，集中代表了地理学意义上的精华，似乎一个更大领域的自然和精神都压缩进一个空间，因为太狭小而显得无法承受。温室、图书馆和博物馆就能引起这种效应。耶路撒冷是真实世界的样板，和爱尔兰阿伦群岛、美国优境美地国家公园，还有特尔斐一样。而下曼哈顿地区是它的现代城市版，法国查特修道院则是基督教会版。对大多西海岸的加拿大人和熟悉这里的人们来说，夏洛特群岛是精神家园的代表，一个荒野中的伊甸园。它的存在，即使对没有来过的人，都会感到充满启示和静谧。这些岛屿向人们诠释着欧洲人到达之前的一切和未来可能的样子。

世纪之交有一位叫查尔斯·谢尔登的美国猎人和博物学者，就把这些岛屿当作一个活的例子，描绘过一种更大事物的会聚。他广泛地游历了西部，包括西北领地和阿拉斯加。他的几部有关探险经历的书，成为这类书的经典之作。1906 年秋天，他被吸引到夏洛特群岛，传闻这里有一种极其罕见的亚种北美驯鹿。为寻找样本，整整一个月，他徒步探索了格兰木群岛北端，这是群岛中最大的一个。对奇异的追寻驱使他穿过密林深处，逆流而上，通过没有树木的沼泽荒地。在那里，他发现了一个不可思议的现象——大气效应在那个位置产生了光学错觉，这一切正好是在美国西部平原看到的事物的倒影。物体很近时却显得很远。人需要很长时间才能适应这种看上去很远而实际上却很近的视觉效果。

毫无疑问，这些岛对人们有巨大的影响。就像谢尔登观察到的那样，这种现象可能和光有关，也许是很微妙的反射结果。夏洛特女王群岛是北美降雨最多的地方，它们占据了生态学者们叫做“非常潮湿的超海洋亚地区”的区域，云层覆盖的总时间全年长达 250 天。即使有阳光，也一定要透过水粒子的棱镜，形成常见的彩虹。还有一种现象非常稀有，但却有记载证明，月亮彩虹曾经在这里出现——也就是月亮升起或落下时产生的明亮的幽灵般的弧圈，在雨云下闪闪发光。真正生物学意义上的生命力在这里显得异常强大，不仅仅是光和水的作用。有23种鲸鱼在这片水域生活，或从中经过。它还是大陆上秃鹰最大的聚集地。本拿比海峡是群岛中一条狭长潮汐通道，每平方米包含的海洋生物比地球其他任何地方都多。同时，锯齿形的西海岸出产的蚌类像男式皮鞋那么大。

自上个冰川期以来，夏洛特女王群岛一直是个孤岛，惟一原因是赫卡特海峡。在只有50英里的空间里，环岛的海洋深度不一，由10000英尺到少于200英尺。水深急剧降低，猛烈的极地风暴和太平洋巨浪的冲击，使得海峡中往往在几小时内由风平浪静爆发为60英尺高的海浪。海峡又宽又浅，有些地方只有100英尺。海峡是根据英国明轮单桅帆船H. M. S赫卡特命名的。该船装备着重机枪，在1861年被调派到夏洛特女王群岛，勘察周边的水域，并确保新近到来的铜矿工免遭海达印第安人袭击。在18、19世纪，以船名命名地理特征是个惯例。但很少有名字像赫卡特这么恰当。赫卡特是希腊女神，具有巫术和魔力，经常与渔民和冥界联系在一起。根据牛津古代神话和宗教词典记载，她本性矛盾、变化多端、跨越传统界限，无法用任何学说解释。她常常被描绘成长着食人狗的脚，是各种力量的源泉，包括风暴在内。“她是黑心的母狼，”海峡边的一个老渔民说，“有时我想，她是妄想把夏洛特群岛据为己有。”甚至现在，群岛和大陆间的332英尺长的客运渡船还经常被耽搁。7小时的航行如此艰难，以至卡车必须用铁链与甲板连接，就像横越海洋航行的货柜车一样。

格兰木和莫比岛形成向南的尖细隆起地带。尽管莫比岛有些地方只有5英里宽，它全新的楔形山峰向天空耸起达1英里高。较大的岛上有瀑布和小河从山里流出，其中，育空河由夏洛特女王山格兰木岛南端发源，汇入育空湖，然后向北马塞特港湾和大海进发。作为群岛最长的河流以及大型鳟鱼和鲑鱼的发源地，育空河代表群岛的主动脉。它所流经的低处的冲击山谷因生长着巨大古木而闻名，尤其是高密度无节直纹的西加云杉。20世纪才挺进到山谷底的商业伐木工会将其称为“云杉平地”。这里的土地比山上深厚肥沃，加上夏洛特女王岛的温和气候，年降雨量达到18英尺，不仅是对于西加云杉，还有它的邻居西芹叶钩吻和番红雪松，这都是理想的成长条件。特别是芹叶钩吻和云杉由滋养原木供应养料；这些死去的树溃烂后形成丰富的腐殖质，给播下的种子提供了大餐，就像苹果给种子提供养料一样。这些滋养原木被周围新生的森林围绕(一个过程要花数百年)，年轻些的树在地上露出高跷一样的树根。经过一段时间后，这些空间就被填满了，所以经常会在四百年树龄的西加云杉下面发现一条地道，大到人可以爬过去。

在所有西海岸的针叶树中，西加云杉似乎是最天然地适应海洋环境。它狭长的地理分布反映出太平洋雨林物种喜欢逆风生长。西加云杉对含盐雾汽有极高的忍耐力，经常作为大海和森林之间的防护林，它们的巨大身材和力量可以抵抗足以损毁稍弱物种的风暴。西加云杉是世界上最大型并且最长寿的云杉品种，可以活到800多年，高达300英尺，这对红木来说算很高的了。尽管长成后如此庞大，它们在开始时却是难以想象的渺小：一粒西加云杉的种子只有1/13000盎司那么重，但蕴涵着所有需要长成300吨大树的基因信息——有三条蓝鲸那么重。虽然这个物种在沿海很普遍，这些“巨云杉”却只能在很少的地方生长，其中就包括育空山谷。

大约 1700 年前的一个秋天，在育空河西岸，某一棵西加云杉的松果裂开了，释放出一颗奇异的种子飘向土地。它是那一年西北海岸上千万棵西加云杉中的一棵的数以千计的种子之一。它的父母很可能从北欧海盗时期就开始播撒种子了。如果一粒云杉种子的成活率不是像人类精子一样低的话，每一棵母树都会成为一片森林。可事实就是如此。所以，一般来说，尽管有 750 年的繁殖期，一棵西加云杉只有十几棵后代得以存活和成熟。它们种子的秘密至今都无法解开。

这些种子形状像眼泪一样，沙子般大小，和其他上千年地撒向森林地被的种子并无二致。落在层层苔藓覆盖的森林地上的松果们，只有百分之一可以发芽。幸运地落到保育原木上的种子会补养得刚好，但一个月内就有三分之一被菌类吃掉。不管怎样，这粒无名的种子带着它奇异的信息，冲破千难万险终于扎下了根。细小的树枝在拥挤的森林地被保育院里很容易迷失。它被数以千计的有远大抱负的树包围着，不仅有西加云杉，还有芹叶钩吻、红雪松、黄雪松，偶尔还有紫杉。现在，和其他任何树木相比它都还像个侏儒，而那些喜欢待在阴影处的地钱、情人苔藓、黑百合、羊齿蕨、北美刺人参，更不必说茂密的沙龙白珠灌木丛，都可以长到 12 英尺高，要借助砍刀才能穿过。

看看这粒种子，如果我们真的能看见的话，要相信它渴望长成遮暗西北天空的擎天柱，似乎非常牵强。第一年，幼树大约两英寸高，有六个浅绿色的针叶。它将以小啮龟一样深奥莫测的方式惹人喜爱,它与众不同的外观超越了所有的幼年野生植物:完全的无助和同样强烈而原始的决心。尽管有竖起的颈毛和光束般笔直的茎,可还是像青蛙卵一样不堪一击,一条下落的树枝,人类或动物的脚步——任何几率的事件都可能让它立即完蛋。在林下叶层的潮湿阴暗中,这小树苗美妙的缺陷是保存完好的秘密。一年又一年,它在河岸深深扎根,抓紧它的生命和大地。尽管命运多舛,它还是长成了少数几棵年轻的树,幸存下来,并努力在阳光下争得一席之地,和十几英尺粗几百英尺高的巨树抗衡。最后,是太阳让它的秘密显现出来。到17世纪中叶,人们已经非常清楚,在育空河岸有一个不同凡响的物种在生长。它更像是神话传说中的生物:一棵有金色针叶的云杉。

如果一棵树不是特别巨大或形状奇特,是不会引人注意的;如果它不是独立于它的同类,从远处是很难发现的。而金针云杉两方面都是特例,尽管它是处在相似的巨树丛林里。从地上望去,它令人吃惊的颜色能使人如遭电击一般呆住;从空中俯视,它像灯塔一样矗立着,从数英里外就能看到。像大多周围的风景一样,它是海达印第安人保留故事的组成部分。任何人都知道,当时作为无穷众树之一,它是惟一曾由海达人命名的树。他们称它为"古老的树"。据传说,它是一个人的变形。

虽然住在育空的人都熟悉它,可直到20世纪,金针云杉才被科学家发现。而那时它已经两百多岁了,绝不可能被忽略掉了。1924年,当苏格兰的木材供应商和准男爵温得汉·安斯图瑟,蹒跚地从这棵树前走过时,他被惊呆了。"我甚至都没用斧子做个记号,"他死前告诉记者,“在绿色的森林里,我被它的奇异征服了。”后来很多年,都没有人清楚温得汉描述的树林中的麒麟究竟是什么样子。有些人猜测它可能是群岛土生的一个新物种,也有人想象它被闪电击中了,已濒临死亡。结果,树依然活着,并且安然无恙。它只是一个稀有树种。但它不是一般的稀有,以致使它获得了这样一个学名:Picea sitchensis Aurea。Picea sitchensis 是拉丁语“西加云杉”的意思;Aurea 意为“金色的或像金子一样闪光的”。金针云杉有 16 层楼那么高,20 多英尺粗,是植物界独一无二的珍品。

第二章　人　们

人们说，岛只是盐水。渡鸦盘旋。
在水上寻找着陆地。不久，它飞上一块礁石
栖息在上面。但是大批超自然的生物，摩肩接踵
像海参。弱的超自然生物漂浮出来
以各种各样可能的方式，睡眠。
人们说，那是光明和黑暗并存。

——《不断行走的渡鸦》，海达创世故事

老马萨特的海达村坐落在格兰木岛北端的马萨特海峡东岸，紧靠海滩。海峡蜿蜒穿过茂密的森林和湿地，把岛几乎劈成两半，把育空河引向大海。巨大顽强的潮汐沿着整个蜿蜒的海峡来来去去，上游远至金针云杉，向南超过 30 英里。这条有盐味的双向河流刚好经过老马萨特的坟冢，从沙角折转，然后倾入格兰木和威尔士王子岛之间的宽阔空间，那条叫做迪克逊河口的凶险支流。那里的一切都完

全暴露于太平洋，是蹂躏赫卡特海峡的突发风暴的出口之一。即使在最安静的日子，海浪也像小山丘一样起伏、滚过，让人想起迟缓的、鲸背状的风暴。它们曾彻底摧毁北海道、堪察加半岛和阿留申群岛。

在老马萨特海滨地区，伫立着守夜的纪念柱，它们由树脊雕刻而成，多数是为纪念死者而立。村子北端，一位显赫酋长的屋前，有一根另有目的的纪念柱。酋长本人是出色的雕刻家，他的房子是由壮观的宽厚雪松板和有斜面的横梁组成，与其他严格按照海滨轮廓整齐排列的村舍分开。村子的大部分房屋和所有纪念柱都朝向马萨特海峡，但是他的柱子和柱子上的猛兽却转开了一定的角度，它们面对开阔的大海。纪念柱大约 40 英尺高，底基 4 尺宽。下部刻成巨型的大灰熊形状，前爪像摇篮一样托着一条独木舟，只要看一下独木舟里面，就可以了解这里通常的天气状况。虽然它离地面 10 英尺高，还是需要定期倒掉积存的风沙和海草。在柱子上部还雕刻有别的动物，顶部是鹰——酋长世系血统的象征——但是熊和小心怀抱的独木舟更加吸引人们的注意，让人长久凝视。它们给人某种奇异的熟悉之感，但是需要花一些时间才能发现个中究竟。

在陆地对面的另一个小渔村，有一个名叫玛丽的女人的雕塑，她托着自己的船。很难确定，代表老马萨特精神的熊和格洛斯特精神的妇女，究竟是在保护还是在准备献出他们的渔船。无论如何，格洛斯特渔民世世代代在海母雕像前跪拜，祈求行船平安以及家人和自身的健康。2003 年一个温和的春日下午，在类似的老马萨特世界里，酋长柱下正在举行一个相似的仪式。如果你当天去过那里，碰巧合上你的眼睛，完全依靠其他的感官，时间就会从你身边溜走，你会发现自己正试图抓住若干个世纪。

在附近一个坑里，浮木火在燃烧，雪松板上排列着经过仔细调味的大块鲑鱼，比目鱼被置于火焰上烤炙，旁边站着的人和歌手丝毫没有要享受这简陋大餐的意思，因为这些美味珍馐不是为他们准备的。烟雾从一个方向转到另一个方向，好像坏了的指南针在测试风向。当鱼烧成灰烬，它的灵魂精华螺旋升入有条纹状云彩的天空，献给斯凯雷——这位金针云杉的代言人刚刚去世了。今天有数百人聚集在这里，填补他留下的黑色空洞。

1859 年，成功的探勘者威廉·唐尼（加州的唐尼维尔就是以他命名的）游历到英属哥伦比亚，在那里为英国殖民总督工作，负责勘探和开采。他旅行到夏洛特女王群岛，发现了大量的金子，包括一块 21 盎司重的金块。他在给总督的报告中说，他发现海达人是“一流的勘探家，了解一切金矿开采知识”。不过，他对海达人的驾船技术印象更为深刻。“他们是我所见过的最好的水手，我这样说是指男女都包括在内。他们有两栖类的特性，在水下和岸上一样行动自如。他们的潜水和游泳技艺举世无双。”

1873 年，詹姆士·斯万代表史密森学会访问了夏洛特女王群岛，他是美国作家、法官、历史学家、民俗采集者和西北开发的促进者。在那里，他报告说看见“大到能够承载一百人和远航装备”的独木舟。

美洲土著人的独木舟（由一棵原木凿空而成）有很多用途：猎鲸，探险，海战，运输人或货物。独木舟在北美海滨广泛使用，只不过西北印第安人被誉为建造了世界上最大型的独木舟（有些达到 100 英尺长）。一旦选好一棵可以建造独木舟的树，人们就会用石斧和火将其伐倒；凿刻者会在现场进行粗加工，凿好轮廓，然后拖走，有时要拖上几英里——穿过森林到凿刻者的家里去进行后期制作，直至完工。半途而废的独木舟在森林里也随处可见。通常，海达人就是乘着这些巨大的雪松独木舟旅行，建立自己的家园。随着每一次协调一致的划动，他们都会看见他们的群岛缓缓沉入海里，而远处冰雪覆盖的山峰在他们眼前展开，像一个新的行星。今天很少有人了解这种仅凭信念和肌肉把世界从地平线拉起的感觉。

像所有沿海印第安人一样，加利福尼亚北部到阿拉斯加东南，海达人所做的每一件事都从树开始。他们的帽子和篮子是用云杉树根编织成的，还有其他一切，包括大部分衣服的材料都来自红雪松的木材和树皮。红雪松高大直纹，容易操作，促进了大规模制造。他们的房子有小型飞机棚那么大，雕刻的柱子像独木舟一样长。从遥远的海洋基地开始，海达人袭击、搜捕、通过河流到内陆和沿海进行贸易。他们造成大量的伤亡，但很少遭到报复，因为沿海部落很少有技术和胆量越过赫卡特海峡追击他们。虽然有一些航行是为了和平贸易，但是很多探险，甚至到邻近的村子，目的都是袭击和获得奴隶。到1850年，部落就以凶残、机动灵活、航行胆略堪与北欧海盗相比而成为传奇。海达人究竟航行到多远，有着大量的猜测，可以证明，一条19世纪的独木舟可以从英属哥伦比亚航行到夏威夷（在理论上，根据现有的商路和航海技术，希腊人早在公元400年就有到达加利福尼亚的可能）。

几个邻近的内陆部落，尤其是特林吉特和齐姆夏，也有像海达一样凶残的名声，他们有更多的领地和贸易机会，随意处置俘虏的敌人。他们一般不在陆地旅行很远。尽管相互有敌意，所有西北沿海部落都有很强的文化维系系统。他们都乘独木舟航行，雕刻纪念柱，有类似的部落和宗族结构，有时会通婚，都重视财富和地位。他们的相似处在冬季赠礼节仪式上得到纯粹的表现。这种仪式有很多目的，可以庆祝建房、宣布某人担任头领、挽回面子或对损害进行赔偿——所有其他家庭或种族在社会和自然方面遭受的损失。他们还举行仪式，通告知名人士的死讯。不管是什么目的，主人都要提供食物和礼品给所有出席者，令他们有义务目睹所发生的事情。西北海岸部落是大陆上惟一拥有这么多财富、这么有效的运输手段的部落。他们把财物藏在沉重的木箱里，有些木箱可以轻而易举地装下一个人。

海达人不但是技艺高超的水手，还是经验丰富的海洋猎手，追逐鲨鱼、海豹、海狮、大比目鱼，偶尔还有鲸鱼。其实，猎海对他们似乎没有必要，因为那里有丰富的贝甲壳类，鲑鱼、青鱼、沙丁鱼，还有很多大量而容易捕获的鱼类——海达人的生存环境可以描绘成一个水产自助餐厅，旋转着不同季节的特色菜肴。岛上缺乏的东西可以通过贸易或战争从大陆获取。甚至今天，海湾会由于大量青鱼的精液而变白，成群的海鸥排列成一英里宽、数英里长的阵形，通过赫卡特海峡，在斯琴纳河追逐太平洋细齿鲑①。大海的这种慷慨使西北海岸拥有地球上最密集的非农业人口。食物丰富，气候温和，海达人就

① 太平洋细齿鲑，多油，手指大小的鱼，价格很高，可食用、榨油或一端立起点燃做蜡烛。

像他们的热带同类一样，有大量时间宴饮、打斗、讲故事、制作纪念性艺术品、建造巨型独木舟——总而言之，有足够条件发展复杂的文化。据估计，该地区40%的居民是奴隶。

海达人的面具、图腾柱、大房子和独木舟表明了北美艺术和手工技艺的高超和精湛。不知道究竟是谁制作了它们，但多数人会认出是他们的艺术品。它们已经成为北美本土文化的国际象征。一条54英尺长的海达独木舟，在渥太华加拿大文明博物馆永久展览。更大的一条有63英尺长，人工雕饰，是纽约美国自然历史博物馆西北印第安人的主要陈列品。①

很多早期的遗产和线索保留下来。遍布群岛的、组成海达历史领土的是遗弃的村庄。在那里，人们还可以看见同样的红雪松柱，欢迎并警告着群岛的第一批欧洲来访者。海岸上或世界上的其他地方，都没有这么多柱子在它们的原始位置保留下来。雪松特别耐久，不过在这里，一根柱子的存在时间一般只和人类的寿命一样长，然后就会倒掉，最终被森林吞没。它们是西北太平洋的复活节岛和吴哥窟，而后者可以无限持久。海达图腾柱的木质本身就注定了它们的死期。保持在原地的柱子十有八九都将在我们有生之年回归自然（这也符合海达人的愿望）。在群岛南端的南斯汀村（尼斯汀），是最著名和保存最完好的地方，已被联合国教科文组织列为世界文化遗产。因为村子的位置隐蔽，加之新近的保护措施，历经100多年风雨，依然有两打多的柱子矗立在这里。

---

① 虽然归功于海达人，这条独木舟很可能是英属哥伦比亚中心大陆海岸希尔苏克人建造的。

有一半柱子带有明显的火烙痕迹，因为在 19 世纪末，一旦村子被抛弃，屡次遭到南斯汀村士兵袭击的部落成员就会渡过赫卡特海峡来放火烧掉村子，实现他们积蓄的复仇夙愿。今天，还可能见到火、人类学家和时间所留下的痕迹。鹰、渡鸦、虎鲸、青蛙、熊和海狸专注的眼睛，像骨头一样发白，作为前居民纹章的顶冠和精神上的联盟，从图腾柱的丛林中回望着。这些动物由单棵树雕刻出来，彼此堆叠，有几十尺高。它们混在一起，仿佛当地动物群的标本（包括人类）一个个被填充到了巨型试管里，并且已经石化。这些精巧雕刻的动物姿态夸张，舌头伸出，鼻孔贲张，牙齿裸露，充满恫吓意味，但是现在这些表情似乎更像尸僵，而不是生命的活力和凶残。说这是一片鬼域，似乎很是恰当。保留下来的几乎都是死亡之柱，柱子的顶部曾经放置由弯曲木材制成的富人的骨灰盒，你可以努力想象那里曾经有过的生活：有抱负的雕刻家兴奋地用欧洲铁器而不是齐姆夏海狸牙齿雕刻着；用雪松板和柱子建造谷仓一样大的长屋；在奢侈的冬季赠礼节，酋长和贵族通过炫耀他们赠送的多寡来获得高贵的地位。

斯凯雷的纪念仪式使人们大批聚集到老马萨特。无论对他的宗族还是整个海达人，老马萨特都是最有影响的人物之一。他不是酋长，却拥有同样令人崇拜的地位。在日常生活中，他更有实际的作用。他是天才的渔夫、雕刻家、歌者、专注的政治家和活动家。他可以超越各种界限。当所有其他人都因愤怒或失落沉默不语时，他会让大家笑逐言颜开。他是舵手，确保船的航行方向。对于聚集来参加仪式的人们，他完全是海达人的活象征——一个人。

“海达”这个词的意思是“人们”，其实只不过是另一个“我们”的表示。在全世界，大多本土人用来形容他们自己的名词都可以这样翻译，含义是“我们是我们，是人们——而你们其他的都不是”。海达人称他们的岛国为海达瓜依，字面意思就是“人们的地方（岛）”，还有一个更古老的名字，大概意思是“从超然隐蔽处出来的岛”。这样，岛就代表了一种存在于高潮线与低潮线之间的地带——不仅是在森林和大海之间，而且在尘世和精神世界之间。海达瓜依是西海岸最偏远的群岛，其他北美部落祖先的家园都没有它离海岸更远，也没有其他领地的边界被描绘得如此清晰明确。通常认为群岛的一部分是残遗物种保护区，即未被上个冰川期覆盖北美洲的冰川触及和改变的地方。因此，这些岛有时被称为“加拿大的加拉帕哥斯群岛”。它们在很大程度上是一个独立的世界，拥有众多其他地方不曾出现的物种和亚物种。语言学家称海达语为“隔离”语言，它和其他西海岸部落的语言没有任何联系。

像广阔的海洋和适宜的气候一样，事实上，海达世界的一切都能够根据臆想和具体环境来改变形式与功能。这样，岩石不会永远只是岩石，螃蟹总可以变成螃蟹以外的东西，山可能呈现虎鲸的形状，独木舟会张嘴撕开灰熊的喉咙。群岛上所有的岩石、礁石、岛屿和港湾都和超自然有联系，就像澳大利亚内地鲜明的地理特点之于土著人，圣地之于穆斯林信徒、基督徒和犹太人一样。金针云杉也交织在这种形状变化、意义相连的网中。很多代表从各方被召集到老马萨特，向斯凯雷表示敬意。

斯凯雷是一只鹰，海达部落主要的两个从属关系或半偶族之一（另一个是渡鸦），有几十个宗族在这些纹章的庇护伞下。半偶族和宗族从属关系由母亲处继承，以盔上的装饰（如羽毛）为标志。这些标志大多是鸟、动物、海生物或人类的形式，还有更抽象的标志，如彩虹、云，甚至也有使用雪崩的。通婚的结果是，多数家庭有多个头饰，说到这些头饰十足的复合性，西北海岸的各族人民令欧洲贵族看起来像业余爱好者。人类学家把他们的血族关系比喻为高等数学。斯凯雷的主要宗族从属关系是斯吉岛鹰族人，这个种族的历史领地包括环绕金针云杉周围土地的育空河的北部河段。除了他的很多其他角色，斯凯雷代表“年长的云杉树”，这是他热爱的存在，他和他的族人有义务保护的存在。但斯凯雷在他壮年时就被杀掉了，现在，在他死后两年，家人为他的纪念仪式准备好了一切。他们积聚财富，购买和制作礼物，发出数百封请柬，准备食物，还出钱请人雕刻精心挑选的 40 英尺高的雪松柱。一切都安排得井井有条，以确保给予他应得的荣誉。不只是给他们爱戴的斯凯雷，还有他的家人、他的族人、半偶族和部落。

斯凯雷身材高大，喜欢烹饪和美食，是一个可靠的供养者，甚至有时过分慷慨——他会收留弃儿——包括非本部落的。他收养了一个叫笨的盎格鲁男孩，是笨蛋的简称，让他有了家，有了部落和像样的生活。笨是个秃顶的大块头，他会在养父的纪念宴会上抬起重重的汤锅，在每天太阳升起时，数百客人睡去后，他会清洗大厅，装满礼物。宴会的第二天夜里，他将得到一个海达名字，他将以他的雄辩口才震惊四座。

像所有冬季赠礼仪式一样，这次舞蹈经过精心设计与安排，酋长柱下进行的食物礼仪是为期两天的精心设计的过程的一部分。当鲑鱼和大比目鱼被烧成灰烬后，酋长会在斯凯雷的纪念柱上完成最后的修饰，柱子顶部是一只蜂雀，斯吉族的冠饰。当天晚些时候，柱子将被抬到他的房子旁边。这是一个艰巨而危险的任务，需要几百人才能完成。客人们准备了好几个月，要经历很多天的路程才能到达这里。客人来自大陆的北部和南部。多数年长的客人戴着云杉根编织成的帽子，编织紧密足以挡雨和遮光，涂着黑色和红色的精细的风格化图案，有的帽子边缘垂挂着貂皮，独木舟的微型船桨在佩戴者的脸部晃动。富有的妇女腕上戴着金银手镯和护腕，像是来自法老坟墓的珠宝。部落内部的人的装饰，只要看一眼就知道是出自哪一位受人尊敬的工匠，以及和佩带者的关系。艺术家、资助人都是贵族，从装饰本身就能推断人的血统、世系和收入——她在群落、部落、世界里的位置——比现代的信用证明或社会保障号码提供的信息还多。

酋长们及其强壮的妻子们裹着熊皮、山羊皮披肩、皮革和麦尔登呢斗篷，斗篷有貂皮镶边和鲍鱼纽扣；有的拿着沉重的一人多高的手杖。像女士们的手镯一样，所有标志都装饰着部落和家族的冠饰——渡鸦、鹰、青蛙、熊和所能想象的一切。只是穿上一件斗篷和集成另一个人的衣钵，这两者的界限是很明显的。像矗立在村中显赫人家屋前的柱子一样，帽子、披风、手镯和项坠代表了一种普遍的社会地位。通过编织、彩绘和抄写，它们将手爪、脚爪、猛禽的锐爪、鳍、鱼翅鳍状肢联系在一起，将直系家族与最遥远的精神联盟和动物祖先联系在一起。正是这个原因，在向鹰半偶族致敬的舞蹈表演结束后，大厅充满尖利、单调而清晰的鹰的呼哨声，好像聚集的人们暂时被鸟类附体了。你只要想象一下这种动物能量被引向全副武装、脸上涂色的战士，就能理解异邦的对手所感到的那种无法遏制的恐惧。

中午供应鲑鱼和大比目鱼；香味和物质已经被急速变换的风吹走，此刻风向南呼啸着吹过海峡。肉类大宴后是灵魂的奉献，盛在由一块雪松板制成的盒子里，它被开出V形槽口，加热弯曲成完美的立方体。通常，这些弯曲木材制的盒子装饰精巧，而这一个却没有任何装饰物，涂成了黑色。这是哀悼的盒子，里面的东西决定它不需要标签。盒子里是用了几个星期才雕刻成的面具，如果出售，可以卖到几千美元。不过这不是可以买来挂在墙上的那种，不能以任何方式再度利用。它是斯凯雷的精神面具，只能用它跳一次舞蹈，就像昨天夜里那样。面具的盲眼固定在淡月色的脸孔上，戴着它的舞者被另一个舞者用晃动的响铃引领，在拥挤的大厅里走动。从大房子的各个角落，传来鼓点的节奏，穿过暴烈的跺脚的人群，撼动地板的喧哗像海浪中大石头滚落的隆隆声。房子外面，风狂雨骤，浓眉的大渡鸦停在强劲的风中，静止在屋顶。然后，它蓝黑翅膀的末端觉察不到地翘起，倏然消失，似乎被看不见的绳子猛地牵走。房子里面，歌者的声音以让人颈上汗毛直竖的高音频率升上空中，和房中弥漫的忧伤的泛音共鸣，更多的舞者戴着代表青蛙、鹰和其他精灵的面具在舞蹈。斯凯雷的身体已经死亡，埋葬了，但这才是他真正的存在，他的灵魂就要离去了，房子里几乎没有人不流泪的。

火焰在封好的黑色盒子周围升起，人们继续唱歌。很长时间，盒子似乎端坐在火里，似乎很安然。可是不久就开始裂开。当盒子完全进入火中，一个袋子在人群中传递，人们依次从圈子里站出来，把烟草撒在火焰上，向他们爱戴和崇拜的人表达自己的思念。仿佛一个暗示，一只秃鹰从附近的云杉顶上飞起，一瞬间，她和邻近柱子上雕刻的鹰整齐地笼罩住酋长的房子，不过这里对她来说没有什么新东西。过了一会儿，她头向前倾，翅膀用力地伸展，有人的身高那么宽，她找到气流，进入，然后翱翔而去。接着，奇异的事情发生了：一下子，盒子顶部和侧边同时升起，脱落。用结构和热力方法很难解释这个，突如其来，一瞬间，面具从深处向外盯视，被熊熊大火吞没却毫发无损。当火焰从眼睛、嘴和鼻孔里迸射出来，日本歌妓般惨白的脸围绕猩红的唇发着光。最后，热度更高，两只眼睛下精细雕刻的脸颊同时沿着纹路开裂，看上去似乎面具在哭泣，在流下熔化的眼泪。在面具的下巴和额头消失，努力崩溃成发光的琥珀之前，雕刻者此时的感觉如何呢？当灰熊怀抱空独木舟的暗影像时钟一样慢慢移过地面，斯凯雷的孩子们和阴郁的酋长心里在想什么呢？

下午三点左右，斯凯雷的纪念柱完工了，不过油漆还没干，人们聚集起来，将其搬到他的房子那边。柱子惊人地沉重——它有 12 英尺粗，重 65 吨。斯凯雷留下的空洞再一次裂开。制造立柱子的事情一直是由斯凯雷指挥的，现在没有他柱子还能竖起来吗？会有人受伤吗？开头几步非常笨拙：有人一条腿差点儿被砸断，必须做好决策——不是一个有经验的人而是整个集体，就像鱼群决定朝哪个方向游一样。先后有不少人分别站出来指挥，又退下。这样，鹰族和渡鸦族分别在两边，柱子终于朝斯凯雷房子旁边坟墓大小的坑洞方向挪动了。可困难还在后面，移动这么巨大的柱子，把它竖起来，这将强有力地证明人们的投入——这是很多人许久以来想要做的最困难的事。斯凯雷的柱子如此沉重的一个原因是，它是实心的圆柱体，不像其他很多柱子是中空的。和那些轻质柱子不同，这根柱子被深度雕刻，被从顶到底全面雕刻。柱子的重量和金手镯一般的复杂纹饰等等细节都表明着斯凯雷的身份和家族的财富。柱子是海岸上最好的雕刻家制作的，这个事实更进一步证明斯凯雷在部落的地位。

手腕粗的十条绳子环系在柱子上部三分之一处。小心不要碰坏雕刻的蜂雀或下面突出的鹰喙；狼头黑鲸的背鳍延伸到柱子一样长，也要小心（一张人脸从喷水孔向外望）。在柱子基底，鹰的翅膀之间安放的是舵手本人，他戴着高高的云杉根制作的帽子，手持一根独木舟船桨。

绳子从水平的柱子发射出来，像远古五朔节花柱舞蹈中的彩带，结实的木板倾斜放置，引导底部进到坑里。每根绳子都有十几个人握着，等待指示，现在终于出现了一个指挥。他就是斯凯雷的儿子，站在一堆挖掘出的沙土上，年轻人在这令人畏缩和气馁的时刻奋勇当先。他命令众人将绳子向后拖，人群涌向海滩，绳子拉紧，柱子摩擦着地面。人们就是用这个办法把鲸鱼拖上岸的。然后再大力推一下，柱子的另一端稍稍抬起，底部刚好滑入坑里，经过时压裂了木板，声音让人揪心，让人明白手头任务的严峻；这么多人挤挨着，万一柱子倒了或滚动了，一定有人甚至有一批人要被砸死砸伤。不过现在没有回头路了，小心翼翼而艰难地，柱子被竖起来了。最后的时刻终于到来了，柱子被放在坑的中心，由周围的人扶着。在场的人无不深切感受到做海达人意味着什么——大家都清楚要复活一棵树需要多少人手。

第三章　荒野中的荒野

吉斯塔的海达人第一次看见它，是地平线上的一个白点在慢慢扩大。人们恐惧地穿上舞蹈的服装，开始跳舞，企图把它驱走，可是它还在不断地靠近。后来，白点变成了巨大的网，远远望去，仿佛有蜘蛛在网线上爬上爬下。当网靠得更近些时，人们发现它是和一条船连着的，不过不是普通的船，因为它看起来有翅膀，和谐一致地上下拍打着水面。最终人们发现，这些蜘蛛类似人形，只不过长着白色的脸。吉斯塔人相信冥界的人复活了。

——威廉·马修斯，老马萨特前酋长，玛格丽特·布莱科曼转述

本土人性格凶猛，会对企图永久居住者采取任何行动，所以，除非有强大的团体，否则留在那里是很危险的。用一句话来概括，地理学家而不是殖民者对这些岛更感兴趣；它们对于矿工是价值连城，但对农学家则毫无用处。

——《夏洛特女王群岛的海达印第安人》，

詹姆士·斯万的报告，1873 年

在库克船长到达西北海岸的四年前，西班牙探险家胡安·普拉兹·赫南德在加利福尼亚的蒙特雷起锚，向北航行进入无名的水域。当时蒙特雷是西班牙人居住区的最北端。他的任务是让西班牙殖民整个西北海岸。恶劣天气和浓雾使他 82 英尺长的轻型护卫舰“圣地亚哥”号整个旅程都无法靠岸。在北太平洋起伏的烟气中游荡了 5 个星期，船员、食物和水都不充足，而且还出现了坏血病的征兆。结果他们在离目的地 60 度纬线的方向不得不返航——那是当时俄罗斯人在北美居住地的南端。不管怎么说，除了一次历史性的遭遇，这次航行是令人沮丧的失败。1774 年 7 月 18 日，在瞭望塔上看见了陆地，那时水手们已经沮丧失落得什么想法都没有了。呈现在他们眼前的不是他们船长想象的新近开发的“新西班牙”，而是海图上未标明的群岛中的一个小岛。胡安·普拉兹和他的船员发现的应该是夏洛特女王群岛，而当时他们自己却毫不知情。

在搜索现在叫做兰加若岛的海岸线时，“圣地亚哥”号碰上了一些海达独木舟；桨手们唱着歌，首领船上的巫师在神秘的船前把一只鹰放到水上。“圣地亚哥”号上的两名牧师很欣赏他们令人愉快的态度，他们惊人的白皙皮肤和红色脸颊。同时他们也注意到一条独木舟上有铁制的长矛。不知这些异教徒从哪里得到这么复杂的东西，也不清楚这个武器是用来戳水獭还是敌人的。不过海达人看起来很友好，进行了一些非正式的交易，他们还热情地邀请水手们上岸。在他们所在位置以南 60 英里的地方矗立着金针云杉。现在这棵树已经 75 岁，100 英尺高了。我们想知道，西班牙人那么着迷于贵重金属，想在风景的每一次颤动中找到征兆，他们会怎样对待绿色森林中的金针云杉呢？我们永远不会知道，因为风停了，强大的洋流把船漂走。也许这是最好的结局。直到那时，还没有一个涉足西北海岸的探险家能够成功地回到自己船上。

这只是西北海岸这么晚才被加入世界地图的原因之一。除了两极，这是被画在地图上最后的重要一笔。其中有两个主要原因：一是动机，根本没有动机。虽然像香料岛那么偏远的小地方到16世纪已经世界闻名了，北太平洋诸岛及其所有财富还不为欧洲人所知。另一个原因是通道，根本没有直达的路线。甚至塔斯马尼亚岛都比它容易到达。从大西洋开始的陆地旅行不但异常危险，还要花上几年的时间。从欧洲起程更令人畏惧。18世纪20年代，海军探险家维塔斯·白令花了三年才准备好从莫斯科到太平洋的海上旅行。那时，白令海峡还没命名，大部分阿拉斯加还隔在它和西北海岸之间。大海没有给它更好的选择。除非从亚洲东岸出发，惟一通向北太平洋的路线是经过南美或非洲（根据旅行的方向而定）绕道地球的对面。

中国人在1200年已经拥有可以横渡太平洋的船只，记载过一个叫“扶桑”的传奇之地，后来认定是西北海岸。英国人为它取的名字可没有那么优雅：他们把它叫做“美国的背面”，到18世纪被准确绘制前，因为误报误传、臆想和明显的谎言，它在地图绘制方面遭受了一系列轻视。16世纪中叶，西班牙人寻找的传说中的黄金之城圭维拉据说就在那里，还有各种各样失落的城市，西北通道和它的神秘前身安尼恩海峡。写《格列佛游记》时，讽刺作家乔纳森·斯威夫特选择了人们不了解的地域，“大人国”——巨人的国土。《格列佛游记》1726年出版，比白令初步测试重要的理论雏形，即亚洲和北美洲是各自分开的陆地这一学说要早两年。

第一个踏上西北海岸并遭遇当地人而幸存下来的是詹姆士·库克船长。他1778年3月29日在万库弗岛西北海岸的“坚定湾”登陆。万库弗岛是西北沿海拼图中最大的一块，它的南端隐蔽在华盛顿的奥林匹克半岛形成的口袋里，弯向西北，离英属哥伦比亚300英里。库克选择在那里登陆，经证明是有先见之明的。他需要原木。在从新西兰启程经过夏威夷岛的路上，两艘船的桅杆和支撑桅杆的原材都遭受严重破坏。探险家在万库弗岛的主人是有影响力的奴查努斯酋长马奎纳。马奎纳和他的族人穿着海獭皮制成的披风，住在任何欧洲人都能认出的木房子里。房子用笔直的木板建造，烟囱位于对称的尖屋顶轮廓线中心。因为房子的宽敞和所用的巨大木材，奴查努斯大屋看起来非同寻常。除了发现海獭“像黑莓一样丰富”和预兆将来贸易顺利的热情款待，还有另一个机会在森林里更深刻地显露出来:英国人从来没有见过的树种——领土扩张者的白日梦。但是库克又起航去了夏威夷，不会活着看到他的发现成熟结果了。

1784年，库克第三次也是最后一次航海报告的发表，引起了先前肯定听到过一些传言的开发商、企业家们的注意，他们不失时机地装备好船只，向北太平洋进发了。到1785年，第一艘船到了海岸，和印第安人贸易，从此那里的一切开始改变。这些库克追随者被叫做西北人（人和船都以此称呼），这些商业开发者投身其中的贸易使命是有史以来最大胆、范围最远和文化背景最为复杂难辨的。他们的惟一动机是不久前才被归类为海獭的一种小海洋哺乳动物的毛皮。它们的毛皮是北太平洋的金羊毛，中国人正在花重金收购。18世纪的满清朝廷统治着被他们称做“天国”的地方，有着地球上最先进的文明和广袤的土地，患有对外恐惧症的社会有3亿公民(当时比世界人口的三分之一还多)，很大程度上是自给自足的。一个例外是海獭皮。上流社会成员把它穿在衣服的外面，120西班牙银元才能买回一块上等的毛皮，相当于现在的2400美元。这些毛皮是如此珍贵，商船上的船员包裹要定期检查，以确保他们没有走私和谋求个人利益。就像非洲钻石矿工每天要被搜身一样。东海岸的鳕鱼、木材和毛皮生意创造财富长达一个多世纪，而海獭贸易是第一个像金子、石油和毒品一样使开发者真正激动和狂喜的北部商品。

随着商人从陆地和海上到达，最初打开了西部的是毛皮生意；海狸、狐狸和貂都很赚钱，不过海獭皮远比它们利润大得多。毛皮商亚历山大·麦肯兹是英属西北公司的合伙人，他是第一个通过陆地来到的欧洲人。他1793年登陆，地点正对着新近命名的夏洛特女王岛南端(他的旅行非常艰难，没有人敢效仿)。虽然比刘易斯和克拉克早10多年，麦肯兹到达时发现，已经有几十艘船在海岸巡游，寻找海獭皮，且多为美国人。早在1791年，人们就发现马萨诸塞海湾殖民地铸造的钱币悬挂在西北印第安人的耳朵上。约翰·雅各布·艾斯特也是直到20年后(1810年)才开始探险的，他巨大的毛皮帝国成了美洲的传说。那时，繁衍很慢的海獭数量已经开始减少了。

只有北太平洋才有的海獭，在哺乳动物中是很独特的。虽然人类的头部有约10万根头发，海狸全身每平方英尺却生有6万根毛发。海獭毛相当细腻，可以向各个方向梳理，有着无可比拟的柔软手感。海獭缺少其他海洋哺乳动物隔热的脂肪，但这种密布的细丝般的毛发构成了完美的垫子，垫子上留有动物运动时产生的保持热度的空气泡，使得它们在北太平洋的水域里存活下来。海獭很少上岸，它们贪吃贪睡，十分懒散，甚至交配都是在水面仰面漂浮着进行。它们用前腿下的皮瓣携带平滑的石头，像砧骨一样放在胸前，用来打开贝壳类食物的壳（在水族馆里，这些石头会被没收，因为海獭也会用它来敲打水池的玻璃壁）。海獭特别爱玩，重感情，它们可以手牵手漂浮几个小时。但是交配是没有什么乐趣的活动，雄性海獭用牙叼住雌性的嘴，轻轻拍打它，让它肚子朝上躺在自己肚子上，很显然它们这样很容易遭遇杀身之祸。

海獭商人所走的路线是给他们环球航行带来高利润的旅程，被称为黄金环行。一些商人从澳门和加尔各答殖民基地起程，而另一些则从北大西洋本国海港出发，从那里他们要用三四个月的时间才到达合恩角，雾、冰川、大风、巨浪都与朝向太平洋方向行驶的船只逆向流动。横帆装置的船不适合逆风航行，因此，可能需要 1 个月的抢风行驶才能绕过合恩角，这对船和船员都是严酷的考验和折磨。一些船长干脆选择返航。不过有一个特别迷恋毛皮的商人乘着 33 英尺的双桅帆船从合恩角朝南极圈出发，这些船逆风北行 8000 英里，直到遭遇西北海岸的浓雾、莫测的风和汹涌的巨浪。在这里，经过半年在拥挤和寄生虫传播的环境里的旅行，真正的工作才开始。疲惫的船员没有休整的时间。沿海的极度潮湿不仅引发频繁的呼吸道传染病，还以惊人的速度腐烂食物、帆布和绳子。视线糟糕，风向多变，旋涡奇怪的潮汐汹涌起伏，使航行异常危险。在一些大浪的海峡，潮水的速度仅次于尼亚加拉瀑布。该地区海底的崎岖经常吞食锚和锁链，以致一位船长建议起程时要至少带上5个备用的锚和缆绳。长期的恶劣天气迫使船员泄了气，他们用忧郁的词汇来描述自己在那里的经历：疲惫不堪、冷漠无情、悲惨、野蛮、无知，是荒野中的荒野。这还只是其中的一部分。他们的经历听起来仿佛是荷兰画家希尔罗尼玛斯·博斯想象出来的：冰块大的冰雹让天空的飞鸟落下，死亡。一个水手把他和同伴在路上经历的晕船比喻成"通过嘴巴大便"。

获得一批海獭皮后，船会向南行驶，去夏威夷补给，找女人或者顺便带上一批檀香木。从那里，他们将横过太平洋到广东，路上可能得同亚洲和欧洲海盗搏斗(俄国人比欧洲人领先半个世纪，通过陆地运输毛皮，主要经过中国北部边境的恰克图镇)。所有毛皮销售利润再投资于中国的茶叶、丝绸和瓷器。重新装货后，西北人向南绕过好望角进入印度洋，再通过大西洋返回本国的海港。一般航行一圈要两年，航程超过40000英里，装船卸货两次，以及和危险、多样的民族进行贸易，他们说至少四种完全没有联系的语言。除了英语、法语，切努克人的交易行话在万库弗岛那些边远的南海岸很流行，而海达语在北部更为方便。船上的人还要熟悉夏威夷语和广东话。

同时，沿海的当地人第一次接触这些离奇陌生的船，里面住着的人会做当地人不会做的事情：他们可以随意移动头的上半部(假发)，他们可以改变彩色的皮肤(衣服)，从身体里(合身的衣服)拉出物件来，他们的武器可以把木条和海狮的厚皮制成的战甲撕碎。而且他们的眼睛是蓝色的。随着印第安人对来访者了解的增加，这些外国人逐渐为人所知，首先是铁人，更精确的是被称做波士顿和乔治王的人。他们好像都是同性，除了偶尔是船长的妻子或夏威夷情妇，很少有女人在船上。不过,他们奇异的气味可以被忽略,因为他们带着大量似乎急于放弃的不可思议的东西,包括凿子、钉子、铜锅、剪刀、镜子、纽扣、毛毯和铜铃。但是和他们一起航行的还有“四骑士”:以朗姆酒、枪、传染病和刺耳的世界观。结果这些远方的来访者与其说是从冥界来,不如说是他们把冥界带进来了。在一个世纪中,旅行西海岸的陌生人亲眼看见,一个又一个村子撒满未埋葬的骨头,可以合理地推测冥界就在这里,在北美洲。西北海岸的人对谋杀、混乱甚至疾病并不陌生——海达人不是凭借远射,而是直接砍下敌人的头颅,这样,天花几乎肯定要先于贸易者降临。毁坏的规模和范围令人惊恐。

毫无疑问,新奇和惊喜的优势给外国人第一次贸易以有利地位。例如,一些库克人意识到从奴查努斯获得的海獭皮利润高达1800%,因此,他们组织了想要放弃“发现之旅”的船员兵变,返回海岸去弄更多的毛皮。不过,当地人为了自己的利益迅速地对这些新货物进行了重新估价,结果每一次交易都成了智力游戏。

尽管他们不愿意相信,西北人发现他们所处的世界不是想象中的那么纯洁天真。部落间的贸易在外国人出现以前已经发展起来了,大量的商品从铜到角嘴海雀的喙,到人类奴隶和啄木鸟的头皮,被从加利福尼亚到阿拉斯加来回运输,从外岛到大平原。新来的人沮丧地了解到,供需的基本法律和惯例、虚假广告、欺骗、陷害中间人,更不要说玩诱饵调包手法的老把戏,在海岸上已经比比皆是。就像一个西北人说的,“这些西北艺术家能够在文明世界里和任何职业赛马骑师一起给马染色;为肆无忌惮、不道德的渔贩刷洗鞋底”。更令渴望性活动的青一色男船员失去平衡的是北海岸的女人,她们不像夏威夷人那么性感，却经常成为贸易洽谈的主要角色。

100多年来，北半球大多地方有把美洲印第安人理想化的倾向。这也延伸到印第安人本身。他们经常被描绘成最初的环保主义者——大陆伊甸园的管理者，尊敬他们的猎物，保护土地，直到土地被欧洲入侵者荒废。如果部落生活的真实情况保存到今天，这种带玫瑰色彩的后见之明将令人惊奇。但是，赞成这个观点不仅仅是约翰·缪尔、爱德华·S.科蒂斯和詹姆士·佛尼莫尔·库柏这样的人。甚至乔治·阿姆斯特朗·科斯特也狂想并赞颂他和他的许多同代人所谓的"高贵种族"的过去。在向西开发之前，在这些罗曼蒂克还没有产生之前，西海岸的海獭贸易已经在帮助确立后来的天然生产业的基调方面发挥了作用。

食物在西北海岸一般都很充足，不过当地人也一定熟悉恶劣的冬天及捕鱼量少而挨饿的艰难时期。虽然海獭不是食用的，但它提供最细腻的衣物。不过，尽管海獭有实际的重要性，尽管对自然规律有着热心关注的敏感，西海岸印第安人还是捕杀这种动物，以致濒临灭绝的边缘。这样做，使他们表现出同样被利益驱使的短浅，也使几十种其他物种惨遭灭绝，包括大西洋鲑鱼和更近期的鳕鱼。这是古怪而唯有人类才采用的对待资源的方式，比如把农田耕出来做更多的草地，为了庞大的车辆而不顾空气质量。

站在21世纪的立场，很难说谁更痴迷贪婪：欧洲人看见百分之几百的利润，突然能够蛙跃进入上层社会的本地人慷慨的展示是海岸任何赠礼节的主人到现在都无法想象的。印第安人渴望摸一摸商人们的各种各样的技术奇迹，一个男人一定会把妻子背上披着的海獭披风卖掉，偶尔可能连妻子也给卖掉了。铁人们也特别想要毛皮，只要回去的路上不十分需要的东西他们都愿意放弃。包括海岸的印第安奴隶、火枪、银器、门钥匙和水手自己的衣服。这些是所有欲望兴盛的时代，是无限制的资本主义的贪婪盛宴。

西部电影和娱乐历史，在杰西·詹姆士或第七骑兵的铁路到来前，西部实际上已经狂热了75年。到刘易斯和克拉克1805年到达太平洋海岸，当地的印第安人已经全副武装了。早在1795年海达人已经用自己的连续炮击对付商人们的加农炮了，也在使用那些从俘获的欧洲船只上缴获的枪。到1810年，一些酋长拥有强大可怕的军械库，连西北人都要向他们购买最先进的旋转加农炮了。据传说海达人船头就安装着武器。海达人早在欧洲人到来前就知道防御工事的重要了，至少靠近马萨特的一个村子有用缴获来的大炮武装的栅栏墙。更北边，特林吉斯采取了自己的措施，俄属美洲和哈德逊海湾公司侵占他们作为内陆和其他沿海部落的中间人角色，令他们很气恼，他们把俄国和英国人的要塞烧成了灰烬。同时，19世纪50年代，海獭贸易垮掉前，西海岸印第安人所有的十几条或更多的商船一多半被海达人夺去了。

真正造成局势紧张的是，偷盗是商人们接触到的所有人都能接受的行为。说当地人拿走一切没有用钉子钉牢的东西还是很客气的说法，约翰·密尔斯，第一批西北人之一，报告说，“经常见到，如果船上有钉子只要有一点没有钉进木头，他们（当地人）就会用牙齿把它拔出来”。人们以游戏的态度实施偷盗，就像平原印第安人的抢拿游戏。规则是你不能有效保护的东西——不管是汤勺还是双桅船——

你一开始就不配拥有。白人商人有自己的做法;当地人想要带工具、洗衣用具、小船逃掉时,商人会毫不犹豫地上岸,自己去弄水、木材和猎物——所有当地人都认为这些东西是他们的财产。

因此,交易经常在一种互相怀疑和轻蔑的气氛中进行。只是表面有一层小心安排的礼节:赠送礼品,邀请吃饭和去住处参观等等。不过,随着竞争和通货膨胀日益严重,礼物和宴会不久就退化成紧张的、武装严密的遭遇,就好像现代毒品交易或人质交换一样。事务的性质取决于参与者的品质,一般两边都可以找到受尊敬的公正的商人。但是好事不出门,坏事行千里。对贸易关系提早和迅速恶化负有责任的一个人是詹姆士·肯德里克,他是早期美国历史上破坏性(预言性)最大的贸易大使。别的先不说,是他第一个把大量武器卖给西海岸印第安人,包括海达人。也部分是由于他,夏洛特女王岛的历史比海岸其他地方更为血腥。

如果在 1789 年 6 月的一天,波士顿人之一的肯德里克船长的短裤没有被偷,情况可能会完全不同。他决定教训一下当地的酋长考亚,把他的腿插进加农炮桶,剪掉他的头发,在他的脸上涂彩。这对考亚这么有名望的富裕酋长是极大的侮辱,恢复失去的地位便成了困扰。两年后,肯德里克再次回来,考亚正翘首以待呢。他设法抓住肯德里克,占领了肯德里克的船,但是最后还是因为弹药不足而落败。屠杀造成 40 名海达人死亡,几十人受伤(战斗情况后来记录在《勇敢的西北人叙事曲》中)。考亚没有死,前往考亚所有领地的另一条船被烧毁,船员被杀戮,只有一个做了奴隶。同年,考亚的同盟同样教训了另一条船。1795 年他带领 40 多条独木舟,装着大约 1200

名士兵，袭击了另一条美国船“联邦”号，遭到压倒性的武力抵抗，70多名海达人被杀。“我本可以用葡萄弹再杀掉100人”，“联邦”号20岁的船长写道，“不过我还是让人道主义占了上风，停止火力攻击。我们的人毫发无损”。

曾经热情招待了库克船长的马奎纳酋长也走向了极端。库克船长登陆五年后，海岸第一艘毛皮商船“海獭”号前来拜访。他被邀请到船上尊贵的席位，却中了椅子下的火药陷阱。结果酋长被炸，虽然活了下来，但留下终身的伤疤。当马奎纳的士兵报复时，有几十个人被枪炮打死。另一次，商人洗劫了马奎纳的家，草草地处死了他的副首领。椅子爆炸事件后不到20年，马奎纳夺取了“波士顿”号，屠杀所有船员，只剩下两个人因是非常有价值的军械修护员和修帆工而幸免。

所有西北人最后都未得善终，肯德里克船长的遭遇可能最有诗意、最为公正。1795年，和考亚的战斗六年后，情绪化酗酒的肯德里克在火奴鲁鲁（即檀香山）要求英国船“加卡尔”号鸣礼炮致意。“加卡尔”号意外地装有弹药，结果詹姆士·肯德里克被一阵葡萄弹打死。一个月后，船主被夏威夷人杀死。肯德里克的哥哥接着被考亚的同盟干掉了。

当地人可以退回他们村子的堡垒，或更糟的情况下，逃到森林中，而西北人除了上船无处可逃。停泊时，他们就是易攻击的目标。贸易者报告说，有时他们被几百艘独木舟包围，有的独木舟比他们的船还长，而且在封闭的地域移动更灵活。在这种状况下逃跑是不可能的，甚至在看起来最安全的时候，也会遭到袭击。威廉·斯特吉斯，马萨诸塞州退休的毛皮商，对他的同僚在海岸的行为持最严厉的批评态度，他创造了一个模式——有效而非暴力的交易环境。他的成功秘诀，简而言之，即不露痕迹的防御和令人信服的齐备的火力展示。

水手的生命依赖于船，般的重要性怎么强调都不过分。他们所做的航行现在会被看作史诗，由于其所有的实际目的，它们更接近星际而不是洲际航行。像宇宙飞船，每条船有自身的生命维持系统，有住宿、杂物室、医疗、店面、五金店、交换场所、堡垒、军械库和逃生舱，可谓多合一。没有它，就无法回家。如果路上出了事，就很可能会死亡，不能呼救，即使能呼救，也几乎没有人能够听见。如果船只失事，设法靠岸，多数情况下只会延长痛苦。离开母船的水手是极其脆弱的个人，很容易立刻被任何意义上的“异己者”杀掉或变成奴隶。他的经历和现代西非奴隶的差别只是规模大小而已。

回顾起来，很难彻底理解贸易者为什么那么愿意把印第安人武装起来，尤其考虑到，据一个法国商人观察，印第安人经常把武器转而对准卖给他们的人，而且是在获得这些武器的同一天（西班牙有一个政策，从不和当地人交易武器）。有时候，卖枪支是为了赢得忠诚，英国毛皮商取消和平原印第安部落的武器交易就是这样。因为他们经常卖劣等的武器，商人自信一旦打起来他们总能在武器上占上风。其他人一定是认为他们不会再回到那个地区，所以留下什么都无所谓。或者他们根本就没有想过这些。不管怎样，印第安人适应新技术和环境的速度使商人们措手不及。

毛皮交易的双方似乎不大可能预见到，海獭会面临约翰·J.奥杜邦1843年预见到的美洲野牛的同样命运，当时大批牛群让平原看起来黑压压一片。“要不了很多年，”奥杜邦在他的《密苏里河日记》里写道，“美洲野牛会像希腊海雀一样消失。当然这是不应该发生的事”。1730年，数以百万的海獭活跃在点缀太平洋海岸的海藻床中，从下加利福尼亚州北部到阿拉斯加，向南沿阿留申群岛和堪察加半岛一直到日本，到1830年，所有种类的海獭都从曾经生活的领域灭绝了。而当印第安人出现时，大多时候，这些印第安人自愿甚至迫切地想成为物种的破坏者，就被白人商人完全控制了。强制的手段，包括威胁和扣押人质，都被用上了。某种意义上说，当地人就是人质。首先是贸易本身，一旦毛皮市场打开，他们别无选择只能加入。任何没有加入的村子或部落都会成为新武器、技术和财富不可避免的竞赛的失败者。一旦登上这样的“贼船”，跳下去就像是自杀——即使留在上面最终也是毁灭。

随着海獭数量减少，部落间的争斗变得邪恶和敌意，贸易关系在各方面完全改变。商业投机不再值得冒险。船员不断增加的叛乱进一步使局势恶化。威廉·斯特吉斯在海达失去了哥哥，他对19世纪初海岸形势作出了看起来最公正的评价。在回忆海獭交易的经历时，他写道：

如果我叙述白人在海岸所有非法和野蛮的行为，你一定会认为那些人失去了人类博爱、仁慈的所有特性，而且这似乎的确是事实。第一次探险托付给了愿意冒险碰运气的人。那些人经常是不顾一切的，他们对命运绝望，无视法律，不计后果。他们发现自己在文明的范围之外，对任何人都不负责任，追求目标不择手段，纵容凶残的不良倾向，毫无节制……当我说，他们中一些人会射杀一个印第安人，只为他身上穿的海獭皮衣服，我没有一点夸张。他们丝毫不会愧疚，就像杀死这毛皮原来所属的动物一样。

西北海岸贸易关系令人失望的快速恶化可以追溯到两个致命因素：双方把极度暴力的文化带到谈判桌上，双方都不愿意把对方看作是完全正当的人类。这种暴力和轻蔑的组合，再加上强烈的权利意识，确定了未来殖民者和投资者的态度。不仅是对新世界的人类居民，而且还有新世界的资源。事实上，从国王威廉三世隔着海洋宣布缅因州的森林是“国王的松柏树”起，情况就一直没有太多改观。

海獭“淘金热”捕获着人们的想象力，用贪婪毒害他们，较为冷静的人注意到一种会长远地给他们带来利润的商品。1787 年，西北木材业之父约翰·密尔斯船长，从他伦敦的支持者接到这样的命令：“这里长期需要各类的圆材。尽可能运回来，越多越好。”一年后，他的甲板满载万库弗岛的木材。他本人感动地写下，“美洲这个地区的森林的确可以供应所有欧洲人”。可能是海獭把他们带来这里，但木材是他们留下来的真正原因。

第四章　人类的牙齿

我是人类的牙齿，
咬啮，穿过广袤的森林，
一片接一片，一棵接一棵，
直到土地终于隐约闪烁，
带着热望，欣然吃掉它的心，
我咬进呻吟的树。
每咬一下，大地都在祝福，
欢乐在荒野洋溢，荡漾。

——唐纳德·A. 弗瑞泽，《斧头之歌》，玛格丽特·霍斯菲尔德改编

约翰·密尔斯可能见到过幻象，但他不是第一个注视新世界并且看见树林里有一支海军的欧洲人。每个望见北美海岸的人，从哥伦布到卡布特，都注意到了大量的木材。不过英国人是最早系统开采的。像之前的罗马人、希腊人和苏美尔人，英国人对木材有贪得无厌的胃口；结果，茂密森林覆盖的不列颠群岛大多在密尔斯出生前就变成了牧场。等他成为船长时，大英帝国几乎是世界上惟一的超级大国，其成就很大程度上在于她强大和令人敬畏的远航海军。木船成为全球贸易和跨洋帝国建设的先锋，不过他们这样做部分是为了使自己不朽（单凭经验的测量计算方法，18 世纪末建造战舰所需木材量，是建造 1 座加农炮需消耗 1 英亩橡树林）。制作桅杆和圆材的高大无节松树在西欧很难找到了，因此皇家造船工匠转向北美洲。直到 150 年前，笔直坚实的松树林和今天的油田或铀矿一样有价值：它是决定性的能源（即航行能力），没有它们，一个民族不可能实现它的经济和军事抱负。

库克船长和密尔斯船长到达北太平洋时，英国王权的代表人已经在“松树茂盛的”北美东部砍伐一个多世纪了。船桅杆是新世界第一重要的出口品，还有鳕鱼、碳酸钾（从木炭里提炼出来）和海狸毛皮。早在 1605 年，来自缅因州的美国五针松的样本已经被送至英国，由皇家海军测试，到 1691 年，英国的宽箭头政策（英国政府财产及囚犯制服上之箭头状记号）开始生效，反映着当时的大规模厚颜无耻的掠夺。这个极不受欢迎的法令宣布，任何直径 24 英尺以上位于水域 3 英里内的树木自动归属为国王的财产。为了避免对某些树林的所有权有疑惑，皇家宽箭头标记被刻在树皮上。有标记的树被认为如此有价值，以至运载长木材的特制桅杆船航行时都有武装护航舰护航。

300 年后，这样过度的警惕和防范似乎离奇有趣，但它们对在人类历史和进化中享有几乎至高重要性的木头的价值提供了形象化的描绘。在世界大多地方，和人类大部分历史上，木头一直是主要的燃料和建筑材料，供热、照明、遮蔽及食物、衣服和武器的来源。这种依赖在北美洲更加生动、明显。树木可以说是代表我们集体的骨头。它们是我们存在的中心。一位考古学家研究了17世纪新英格兰殖民者的肖像学，他合理地推测，这些虔敬的基督徒实际上是德鲁伊教成员，或者仅仅是被“本土化”了。在1652年，使用混杂货币分类(从印度贝壳念珠到烟草和西班牙银)。几十年后，马萨诸塞州海湾殖民者开始铸造自己的钱币。这些未加工的、粗糙的钱币没有装饰十字、国王像或熟悉的自由象征，却带有树木的浮雕装饰，尤其是松树、橡树和柳树。“还有什么更好的方式描绘我们的财富呢?”钱币铸模人约瑟夫·詹克斯说。同样，早期美国国旗不是我们熟悉的星条旗，而是赞颂树木的旗帜。新英格兰的第一面旗子和今天的佛蒙特州旗差不多；乔治·华盛顿的巡洋舰也挂着这样的旗子；邦克山军队和大陆军的旗帜也是相同的主题，甚至还有自由树旗。有时，旗子本身也是木头制成的。从北部的纽约到佛罗里达和得克萨斯，美国仍然星罗棋布着“条约橡树”，早期殖民者和当地印第安人在那里签署了历史性的条约。树木，是欧洲的第一个教堂、国会大厦、堡垒和要塞。它们作为圣像的重要性——就像金针云杉对海达人一样——已经持续到了太空时代，而加拿大枫叶旗到1965年才开始使用。

但是树形成的尊严和威望并不总是延伸到诞生它们的森林；大多新世界的殖民者来自田园和农庄，那里大多地方都被清除出来，用于农耕和放牧了。无边的树木风景填充上陌生的人和动物是令人震惊的。他们发现，不只是大陆的规模使人不知所措，还有它的茂密程度和无尽的秘密：森林是内向的自闭的荒野，它所提供的冒险和庇护同样多。罗宾汉在那里找到避难所；还有小红帽故事里的狼（最后被猎人杀了）。帝国的军队占领了开阔的平原，叛乱者和爱国者也利用森林的庇护——和驱逐者、逃犯、神秘主义者为伍。树木提供食物和建材，不过也让人迷惑和阻碍进步。直到相对很近的时期，北美洲主要的食用物种，如鹿、麋鹿、野牛和北美驯鹿，都生活在沿海森林里，还有狼、熊和山狮，到现在还使我们着迷却又恐惧，甚至威胁着我们的生命。

欧洲人到来前，印第安人用火（很偶然的）作为驱赶猎物、开发森林用做农田和“放牧”动物的有效手段。但是那些阳光斑驳的公园只延伸到森林边缘。虽然大多北美部落在森林里或靠近森林安家，实际上他们都说有污秽邪恶的食人怪物一直潜伏在村外的森林里。《汉塞尔和格雷太尔》这样的故事是森林怪物在旧世界人们头脑中的反映；1998 年电影《布莱尔女巫计划》的成功，部分是因为它表现了这些深植人心的恐惧；在他 1651 年出版的《普里茅斯种植园》一书中，朝圣者威廉·布莱弗德把科德角的低地森林描绘成“隐蔽、隔绝的荒野，满是野兽和野人”。不只是他，很多早期殖民者认为，清除土地不仅必要，而且是圣礼——是神圣炼金术，在其中黑暗、邪恶和无用之物被改变成光明、有道德的和富有成果，而且还可以获取巨额利润。那些没有逃回英国的殖民者从他们的洞穴（实际就是洞穴）里搬出来，学习使用独木舟，种植当地庄稼（通常在印第安人的田地上），企业家精神很快就把圣灵推到一边。木材出口为肆意剥夺的英国、西班牙和西印度群岛赚到大笔财富。到 1675 年，在新英格兰和加拿大东部，有数百间锯木厂在高速运转。

我们大多没有看到，伐木业是一个比农业更彻底地改变了我们这个大陆的一个行业，事实上是所有有人居住的陆地都因伐木而改变。这种情况不是从1865年、1620年或1066年才开始，而是已经有1000年了。据我们所知，伐木是生活的先决条件：首先，树木必须被伐掉。在这个意义上，伐木工是西方文明（也是所有文明）的先锋。它不但给自然明显的混乱加以整齐、理性的秩序，而且提供空间和源料，哺育和建设我们的社会，传递信息到地球的各个角落。事实上，把我们带到那里的往往是对更多木材的渴求。

如果你想把整个西方伐木业压缩进30秒钟的电影，它对北半球的影响不亚于圣海伦火山爆发对周边森林的影响：两者都代表不可抵挡的能量波。它从一个相对狭小、特定的空间产生，迅速蔓延，把沿途夷为平地。西方伐木业最早的资料记载为公元前3000年左右，在巴比伦（现伊拉克）原来的城市中心。在那里，在所谓的文明摇篮中，和我们今天一样的伐木业（即为商业和国家建设目的的砍伐和交易）在逐步地向西方传播之前，先是建造起城市和海军，然后更快地经过小亚细亚和欧洲，一直到达美洲。在那里，其步伐会加快到横扫一切的程度。剩下的是我们认为理所当然的森林被砍伐的风景，尽管和农业社会前绝少相似。黎巴嫩国旗上有雪松，因为现在的沙漠之地从前曾经是茂密的森林，在文明的先驱——伐木工、农场主和山羊——发现它之前，而那以后大量的雪松就再也不能美化这神圣的土地了。我们认为是典型的希腊和意大利风景的光秃、枯萎的石灰石山肪，曾经隐藏于一层由早已消失的雪松和橡树的森林所保持的表层土壤之下。恬静淳朴的欧洲田园乡村曾经是多树的、枝叶覆盖的林荫地，有熊、狼和人类部落，他们把森林看做神圣之所。那些莎士比亚和格林兄弟生动描述过的有女巫和仙女大批滋生的森林风景实际上是存在的，但是除了一些被遗忘的小块孤立地区和少数公园，有几百年无法"亲眼"目睹到它们了。

如果它们两百年前还存在，北美洲的空中相片会展现奇异相似的风景。它和现代只有棕色、灰色和绿色的圈叉游戏板不同——它的统一一致偶尔被丘陵和山脉的皱褶打破。北美会让我们联想起欧洲的黑暗时代——也许是亚马逊森林。除了大平原和西南沙漠，大陆铺满了连续的森林地毯，从大西洋延伸到太平洋，从墨西哥湾延伸到阿拉斯加海湾。其木材总量几乎是无法计算的——有万亿板英尺①——可是它被砍伐、焚烧和很多时候纯粹是浪费的速度是空前的。

欧洲开始急速地改变地貌只是几代人的时间，森林和森林居民的不同景像就出现了：拯救，罗马哲学家和作家们呼吁，不在于被开垦的种植的土地，而是处于自然状态的荒野。这些观点的支持者多来自殖民区，他们对森林的了解还很浅薄，也不知道需要多少劳力来清除它。1864 年，新英格兰大部分荒野被铲平了，大自然最热烈的赞颂者，亨利·戴维·梭罗仍然发现大缅因州森林比他想象的还自然一些。与康科德郊区的舒适相去甚远，他颤抖着离开了；这伟大、蓬乱的北部森林，"野蛮而沉闷"，他写道，"比你想象的还严重"，"比

---

① 板英尺，木材计量单位，等于厚 1 英寸、面积为 1 平方英尺的木材。

你预料的更严酷和荒蛮”。

梭罗是在北美的木材消耗处于膨胀期间进行这些观察的。清除、燃烧和建造，大量木材在全面扩张的阵痛中被吞没。工业革命和迅速发展的殖民和移民的泛滥，成倍地加速了森林消失的过程。圆锯——所有北美锯木厂的旋涡中心——在 1814 年被引进。1828 年龙门刨床出现了，加快了地板的加工。五年后，轻型构造技术（快速、便宜、简单的建筑技术）开始在芝加哥使用，现在仍然是最流行的建筑方法。不久，预制构件法被用来建造 19 世纪 50 年代加利福尼亚淘金工的简易房。到这时，已经有工厂每天能够生产闻所未闻的一百扇平板门，复叶无角锯一下子就能把一根原木锯成一堆木板。到 1840 年，有 3 万多间锯木厂、屋顶板加工厂和相关的木头处理工厂遍布于密西西比河以东（在纽约州就有 6 万）。1850—1860 年间，6 万平方英里的北美森林被摧毁了。1867 年，木材业是美洲第二大产业——仅次于棉花——这时，最早的发明之一出现，那就是大规模使用的纸袋。到 1900 年，北美每年被砍伐清除的木材已经超过 500 亿板英尺。

北美的欧洲殖民者比以往任何人都更能控制他们的环境，不仅比历史上任何人都更快地伐木，他们也把木材利用得更广泛。各种应用中所使用的工艺都十分复杂，到 1825 年，甚至像椅子这么简单的东西都包含 15 种新世界木料。每一种用于不同的结构或美学目的，创造出近乎天衣无缝、互相作用的多功能性整体。木材的耐久力和强度—重量—成本比率是任何建筑材料都不能比拟的，直到今天，仍独一无二。每天，伴随着移民的涌入，由大脑和行李引进的技术，使新世界发明者和工匠们把树木变形成了一切，从鞋、钟表、通水管道到加农炮支架，最后是飞机和赛璐珞胶片。

木材短缺迫使英国人在 17 世纪更加依赖煤，不过木材在北美洲作为主要原料又持续了 200 年，到 1870 年，每年有成捆的木头进入美国火车的燃烧室——它们足以建造 70 万座房子。同时，西马萨诸塞州每年也消耗 16 平方英里森林。同期，缅因州中部的锯木厂产生 25 万立方米的废木。据估计，通过 19 世纪中期的锯木厂的木材的四分之一变成了锯末，所有锯末都要烧掉以确保安全。锯木厂一般坐落在河道两岸，大量的木屑和碎片给航行造成了危险，这些，还有河流中阻塞的木材，有时可能会起火，在河上燃烧数星期，就像一个世纪后河流因油料和化学污染着火一样。

庄稼和森林灌木丛季节性的燃烧在史前是经常的，锯木厂木屑的焚化和森林砍伐加重了飘浮在新世界大部分地区上空的酸雨云。这层烟幕如此之厚，致使主要河流的水上交通陷入瘫痪。1868 年，俄勒冈州威廉麦特河上建议使用灯塔作为航行指引——不是因为冬天的雾而是秋天的火。整个美国和加拿大，伐木业使森林本身变成了主要火灾隐患。美洲野牛皮革商和剥皮工人接踵而至；在他们身后留下头骨和骨头堆积而成的小山，伐木工留下的残留枝桠——大量可燃的锯齿状森林垃圾，可能有几亩宽十几英尺深。这些残留枝桠比自然形成的森林燃料更密集，随时会突发大火灾，其不可避免的结果是极端悲惨的。幸存者经常回忆说他们深信审判日就在眼前，就是在提到最致命的大毁灭时，“火暴”这个词被造了出来。1871 年，芝加哥大火的当天，威斯康星州帕斯提戈大火在 24 小时内烧掉

120 万英亩(近 2000 平方英里),约 1500 人死亡——几百具死尸没人认领,只好埋进一个坟墓里。1886 年,年轻的温哥华城市,当时有 1000 多所木制建筑,被一场持续约 45 分钟的失控残火化为平地。1894 年,在明尼苏达的辛克雷,12 个城镇被毁,418 人被烧死或窒息而亡。幸存者描述说爆炸"热气球"螺旋形的火焰在由燃烧产生的风中旋转,力量极大,把树都从地上连根拔了起来,像燃烧的纸风车,在黑暗的空中盘旋。另一场残火是在密歇根州的萨尼,凶猛的大火烧焦了土地。中西部分布着"树桩形成的草原",许多现在变成了荒地。

即使到这时,东部和中西部的大部已经被"修光",森林仍然被认为是要"在任何情况下不惜手段征服的敌人"。开发西部的动力,加上被工业革命和后内战城市化所影响的横扫一切的文化变革,导致人们用一种侵略性的思维来对待森林;"木材"这个词本身就是含有贬义的,意指任何无用、笨重的杂物。北美移民很是倔强,他们倾向于把土地看成是廉价商品,而不是"地方"。他们砍伐森林如呼吸空气——似乎森林是免费和取之不尽的。

从 21 世纪北美的优越地位来看,伐木工作是很容易的,在那里没有手工清理荒地的经历,然而,处理枝叶、树干和根,即使一亩茂密的森林都是非常辛苦的,能让人累断脊梁,有时是令人心碎的工作。估算根据地形不同而变化,但是大体上说,要两个人一年的时间才能使 12 亩东部森林"适合耕种"。大部分树是被用斧子砍倒的,这种粗糙而有效的工具源于石器时代,到现在还普遍使用。在 1850 年,它就已经像今天的电话一样普遍了,差不多每个人都知道怎么用。斧子和链锯仍然是职业伐木工的标准装备,直到 20 世纪 50 年代,它们在伐木中依然应用频繁——甚至在西海岸。但是，正如一位历史学家所言，“斧头时代”在19世纪末达到了颠峰，北美式样代表它发展的最高阶段。在一次展览上，一个叫彼得·麦克拉恩的伐木工仅用47秒钟就砍断了一棵直径13英尺的北美枫香树原木。几十家工厂，竞争几百种款式，把这种技术含量低下的工具提升为有效的、甚至有性别的能决定命运的设备。型号名字经常是斧子惟一的差别特征，很多名字听起来就像是现在推销摩托车和枪炮的同一广告公司构思设计出来的。巅峰、魔鬼、永久、森林之雄鸡、红战士、哈瓦沙、霍屯督人、黑王子、黑酋长、战斧、无敌、超级铡刀、断木机、剃刀、短剑、森林之王和年轻的美国人等等，这些仅仅是其中很少的一部分。在温哥华出售的一个型号，叫做大猩猩。

到19世纪中叶，英国和美国领土及森林的边界在西北海岸上清晰得令人头痛，但它们在西北太平洋更加细致。1795年，西班牙人被从西北等式中划分出去后，英国和美国留下来分配这块巨大的、难以下嘴的大陆馅饼。由于在划分英属加拿大西部和迅速膨胀的美国的界限方面不能达成一致，双方订立了一种领土共同监护条约。从1818年到1845年，俄勒冈州领地，从现在的俄勒冈州南部边境一直延伸到阿拉斯加州东南，被宣布为“共同占领区”。这样，几乎有30年，夏洛特女王群岛被认为是俄勒冈的一部分，尽管它们离哥伦比亚河1000英里远，从最近的陆地出发要航行一天。同时，英国管辖的哈德逊海湾公司经营在哥伦比亚的西海岸的第一批木材厂之一，在现在的美加边境以南300英里处。情况变得不可忍受，1846年，在詹姆士·波尔克总统和他的武力威胁活动口号（“54°40′，要不然就打!”)的压力下，现在的界限由俄勒冈条约确定。54°40′是皮拉兹船长和船员病得无法继续才返回的地方的纬度。现在仍是阿拉斯加南部边界。八年后，英属哥伦比亚建立，1858 年该省被数以万计的美国淘金工入侵，对英国领土造成另一种威胁。

到这时，西海岸海獭贸易已经完结。西北人没有在那些荒芜的水域流连，而是迅速把精力转向海豹和内陆毛皮物种。同时，从大陆海岸中途停留收获的桅杆和圆材，成为西海岸贸易商货物中更加重要的部分。它们大多在夏威夷出售。夏威夷当时已经是太平洋猎鲸者和商人的交通要道。急躁、鲁莽而不稳定的毛皮驱动的经济泡沫，使海达走向了崩溃。结果，海獭不仅是精神维系和一种衣服来源，它也是部落的领导者。一旦失去了，海达人就沦落为向过路水手兜售木刻和与先前的敌人交易马铃薯了。他们的钢铁武器生锈了，欧洲衣服成了碎布。天花、流感、肺结核和性病导致的生物大毁灭席卷了海岸和群岛。海达和大陆邻居数以万计地死去。村子变成了鬼镇，传统文化永远地流失了。不到三代人，一个和欧洲人交易第一批海獭皮的不知年龄的传奇民族，以空前的发热密度发光，然后熄灭。矿工、传教士、印度代理和殖民者随后到来，但是群岛近一个世纪没有吸引世界的注意力。下次，他们会为了树木而来。

暂时，南部有足够的木材让新来的人们忙碌一阵。事实上，这是再好不过的事情了。和先锋者原来见过的任何事情相比，沿海森林和它们所生长的地区都非常地不相称，以至他们不知所措，不知如何继续下去。“木材的巨大尺寸和茂密的下层灌木悲哀地抵抗我们清理地面。”詹姆士 · 麦克米兰写道。他是边界上的兰勒贸易站的创建者，贸易站建于1827年，现位于万库弗河上游30英里处。“弗雷泽河两岸的丛林密不透风，许多树木的圆周达3英寻(18英尺)，向上高达200英尺。”

“当我站在这些树中间，”一位美国女先锋到达海岸不久后说，“我感到如此恐惧，我不知道为什么，只是恐惧。”

“我抬头仰望，天空中什么也看不到，只有无益的木材覆盖一切，”另一个人写道。即使你成功地打倒其中一个怪物，你又怎么处理它，更不要说把蔓生的树桩清除，然后用这土地干些有用的事，比如种庄稼或喂养动物。一些言论倡导彻底放弃这地区。1881年，殖民者在西北海岸站稳了脚跟，一位英国杂志编辑写道，“英属哥伦比亚一片荒芜，寒冷的山区不值得保留。55条铁路也不会使它繁荣”。繁荣当然是游戏的名字。圣经教令，政府鼓励。如果不是为了利润、进步或冒险，还有什么会让人离开安全而熟悉的一切来和巨人作战？森林保护的主张，只是近期才在欧洲流行的，它在这么慷慨、宽大的地方是个诅咒。问题不是如何保护或管理它，而是如何控制它，完成铁定命运的财产委托，把无穷的树木和它们矗立之上的土地改造成有生产力的东西。

1852年，南方远处，第一棵巨大的美洲红杉被砍倒，不是为了它的大量的木材，而只是证明有能力砍伐。不过，随着加利福尼亚淘金热如火如荼，旧金山蓬勃发展，美国人不久就想到了利用那些木材的方法。十年内，他们确立了西海岸木材市场的垄断权。在旧金山之外，道格拉斯杉树开发和出口公司之类的公司生意兴隆，交易从俄勒冈和华盛顿州沿海锯木厂南来的完美无瑕的宽大木材。同时，边境北部，在英属哥伦比亚，木材供应使巨大的美国储量相比之下都显得逊色了。早在 1864 年，英属哥伦比亚就痛惜地表示：

> 华盛顿普吉特湾的大批公司，已经使我们大胆的邻居享受到海岸木材贸易垄断的大部分。虽然我们拥有丝毫不差的海港和松林，他们却远远抢先于我们建立了贸易，而我们很大程度上要自己努力争得一席之地。

写这些文字的时候，加拿大还没有加入联盟，但是它清楚地说明，劣势到现在还继续折磨、苦恼着这个国家，它的人口和国内生产总值只是南部邻居的十分之一。为了改变现状，带有《英属哥伦比亚的气候、资源、美景和生活的极端优势》这类标题的资源图和宣传册子，在东部自由分发。“西加拿大的人们不在意钱从哪里来，”一位世纪之交的作家在商业杂志《西加拿大木材商》上写道，“只要国家发达”。为了跟上时代精神，温哥华的官方箴言并不口头上赞扬真理、责任、信仰或光明；而是更像社团口号：“海上或陆地我们都要成功”。不奇怪，大量的发展资本来自美国投资商。约翰·D. 洛克菲勒取得了万库弗岛数千亩上等森林的买卖特权。而密歇根木材巨头弗雷德里克·惠尔希瑟(惠好公司)，著名的加利福尼亚铁路拥有者及大学创建者利兰·斯坦福，还有其他人，他们投资铁路的主要目的是打开通往有利可图的英属哥伦比亚森林地的通道。

技术指导也引进了，马特·汉明森，威斯康星州的伐木工，被带到万库弗岛解决西海岸历史上最大的原木阻塞。早期海岸上的伐木工大部分是东部人，来自新斯科舍、缅因州和中西部，在那里把原木顺河流飘向市场，这是标准的惯例，但是西北海岸的巨大木材不适合这种方法，容易搁浅。一次严重的原木阻塞可能堆积 80 英尺高，汉明森到达现场时，他面对的是蛇一样的缠结，长达 6 英里长的巨大木材。最后他炸掉了所有的河流转弯处，以打开通道。

英属哥伦比亚木材工业到第一次世界大战才尽显风采，这很大程度上要归因于哈维·雷金纳德·麦克米伦。麦克米伦来自安大略湖，贫穷且没有父亲。他 1906 年进入耶鲁林学院，后来成为英属哥伦比亚第一个首席林务官，最后成了一个真正的木材业大亨。据说，“如果能有办法运输，他会把木材卖到月球上去”。而且他几乎做到了。1915 年，为了挑战美国木材业对西海岸出口的压制，麦克米伦环航地球，为英属哥伦比亚木产品生意而鼓吹。他的努力得到了丰厚的报偿，20 世纪大部分时间，他和加拿大最大的木制品公司齐名。终有一天，麦克米伦·布隆代尔的保有股份会从东南亚一直扩展到育空河和金针云杉。

第五章　结局的开始

想象砍倒那些美丽的树，为该死的报纸制造纸浆，还美其名曰文明。

——温斯顿·丘吉尔，1929 年访问加拿大时对他的儿子说

到现在人们都很难想象 19—20 世纪来自西北森林的木材的巨大震撼，从阿拉斯加东南到加利福尼亚北部沿海，任何地方拍摄的相片都显示出穿着厚重衣服的健壮的人们在独块巨石似的圆柱体的背景前的格外矮小，而原木大到几乎看不出来是树。说它们像奇怪地对称的巨石，或庞大庙宇倒掉的圆柱，也许更接近事实。一个在育空谷生活了大半辈子，为一家南方木材公司伐木的海达老人，看着天花板，形容他每天经手的木材宽度，“你也可能被压进地下那么深，”他解释说，“你会从头到脚都被泥浆覆盖。”

运输雨林木材的工作不仅因为潮湿需要水陆两用的工具，而且还极端危险。甚至今天，尽管劳动安全规则和艺术级装备的出现，伐木工人工作时死亡的偶然事件也大约是北美洲工人平均死亡率的30倍。把树砍倒只是第一步，长期艰难的旅程从几乎无路的荒野开始——对人、动物或机器都是这样——然后以运输到可能是一个洲那么远的市场为止。相对来说，砍倒树是这些活动中最简短的，对木材业来说就像受精怀孕对建立家庭一样：一个实际发生在中间某处的开始。两种行为都发生在雷鸣电闪般的决定性时刻，其所引发的类似的沧桑巨变捕获着人们的想象力。之后，除了知道最艰苦的工作还在前面，什么也不能确定。一块原木长到30英尺就要截断以便运输，还会重达50吨，像一辆满载的半拖车；整个树可能是它的5倍重。不管怎样，这个一半像压路机，一半像冲压机的庞然大物，像美洲鳗一样光滑，必须被运出森林，而且它还有可能是长在四十五度的山坡上。有些地方，如育空谷，通常要采用采石的方法：用巨型的楔子纵向分割——因为许多原木太大了，得劈开才能移动。

20世纪初，一个伐木工，只要有政府的手工伐木执照、斧子、锯和吉尔克里斯特千斤顶等装备，就或多或少可以在海岸随意漫游了。巧妙地做生意，把位置有利的树木直接放到盐水贮木池里——也就是大海。戈登·吉伯森曾是西海岸伐木工中传奇式的人物，在成为英属哥伦比亚海岸的主要经营者和政治家之前，是由手工伐木起家的。1933年，在搜索现在知名的万库弗岛克莱奥库特海峡区域，寻找长势好有开采价值树木的时候，他在山坡上1000多英尺处发现了一棵极其难忘的树种。它就是花旗松，至今都是很卓越的西北海岸的商业物种，而且是规范的样本：直径14英尺，高225英尺，完美的圆柱体，树干一直向上延伸到100英尺，才有第一根树枝破坏了这种匀称。吉伯森和他的人使用横截锯开始动工了，理论是如果他们让树顺山倒，它就会在自己的惊人动力下完成1000英尺的旅程到达水边。

不过，开始动手砍这样一棵大树之前，要在树干上建一系列的梯级，以达到宽阔的底基（膨胀的底部）以上，因为根在那里开始散开。由于一棵大树的底基可能比人高很多，伐木人要在树侧面切一些凹槽——6英尺深、邮筒投信口大小。切好后，把叫做跳板的坚实木板插进凹槽，末端朝前或向上，这个粗糙的可携式脚手架是伐木工砍树和锯大型树木时站脚的地方。当它们随着工人工作的节奏上下弹跳时，要穿上边缘锋利的金属“鞋”以保证不从跳板上滑落。万库弗岛的老前辈内尔·麦可雷回忆说跳板常常伸到五六层楼那么高。现在偶尔也会使用。

虽然设备有所改进，砍树技术多年来却变化很少。目的始终是把垂直的轴以可控制的方式转成水平——并尽量减少对树的损伤（有些伐木工用树枝做床，避免树干因冲击而破裂，可是如果在山坡上就几乎不可行了），倾倒操作由在砍切点上系铰链来保证。确定最佳的倒下方向，一般是个人偏爱、树的自然倾斜和地形三者的综合——朝理想的倾倒方向砍出一个“楔子”。如果有锯子，在树干三分之一处留一个水平的砍口，对于太大的树，这是很好的保障。在链锯出现以前，要分步骤完成——首先切口之上的部分用斧子砍掉，挪出更多空间，减少对锯条的摩擦力。再切口，接着砍向中心部位。很多早期照片显示，有威士忌酒瓶挂在伐木工伸手可及的地方树干上。瓶子里装的不是让人解渴的威士忌，而是润滑锯子的油，因为树干潮湿且多树液。吉伯森的横切锯——有牙的宽带形的钢片，两端有扫帚式的手柄——6 英尺至 10 英尺长，双面斧头刀刃比 1 英尺略宽。用吉伯森 14 英尺的锯，两个人栖息在相对的跳板上，稳定且有规律地工作，需要一整天才能砍倒一棵 800 年树龄的花旗松。黄昏，当木材带着震动胸骨的咆哮倒塌时，人们扔下工具，从踏脚处跳下来，逃入山中，进入覆盖着陡峭林地的茂密的北美白珠树林。在那里，他们望着自己的劳动果实——几乎和庞大的喷气飞机一样重的树——坠落到地球上。

吉伯森写道——

> 它似乎在空中停了片刻，像鹰朝山坡俯冲前的慢动作，然后有如车轮滚滚，一圈又一圈，以 45 度角沉没在水里。经过大概 5 分钟的停顿，它突然出现在水面上，像巨大的鲸鱼从大海深处冲出来。枝叶全无，1000 英尺的下落过程中，大部分树皮在岩石和风吹落的果实的摩擦下被剥落。

在回忆录《树林中的公牛》中，吉伯森没有描述那样的巨型树木落下山坡时的巨响。雷声轰鸣，仿佛地震雪崩的回音。西海岸老熟林比世界任何地方的树木都更重和更难以砍倒。

因此，西海岸伐木，尤其在 20 世纪初的全盛期，与其说是砍树，不如说是在地上猎鲸：下定决心的、工资微薄的人在边远地区用性能不稳定的机器和手动工具，征服庞大的、经常是无法预测并可以像踩臭虫一样把他们碾死的植物。惨剧时有发生。某个郡一年（1925

年)在华盛顿海岸因伐木事故就死了100多人,此外还有其他原因致死的。

说到人均死亡,商业丛林向导是北美洲最危险的工作,那是一个适合少数人的职业。第二位是人数较多的商业渔民和伐木工,两者不可相比。渔民沉船时经常是大批死亡,而伐木工的死亡是一次一人。单纯事故次数,伐木工和丛林向导接近。考虑到伐木工是白天在陆地上工作,而且冬天经常休息——和在海上或空中,昼夜二十四小时,任何天气情况下都要工作相比——很清楚,伐木占了多少便宜。至于死亡的多样性,伐木工比其他人更胜一筹:向导坠落,渔民沉船,但伐木工死亡和致残的方式令人不寒而栗,还伴随有工业事故、冲突和折磨。

法兰克·加内特是19世纪末20世纪初的殖民者和牛队伐木工,因为砍伐万库弗岛上最大的一些木材而出名,那是众所周知出产巨型树木的地方。当无法利用重力把树移到水边时,牛或者晚些时候是马,也成了运输工具。当树被锯成所需的长度,原木两端就会被"截断"——用斧子砍成锥形,这样可以容易地滑下粗糙的地面,然后再用重钩和锁链连起来。原木拖地的部分通过"灯芯绒"路运出,它也叫作滑道,是用小的原木在路上横向摆放(后者是"贫民区街道"一词的由来)。为了通道顺畅,铺道要用水、原油、鲸鱼油甚至角鲨鱼油(一种从曾经盛产于海岸地区的鲨鱼提炼的油)。原木排好后,由十二头牛组成的牛队,套上第一条原木。同时,为了防滑,牛和马也像人一样穿上有铁钉的鞋。一切就绪,赶牛人用他们特有的温柔钟爱和油漆层剥皮一般的叱骂惊人地结合起来的嗓音,哄骗着队伍开始前进。

加内特赶着重负的牛队从他一直工作着的风叶湾出来，这时一条原木移位了，把他钉在另一条厚重的原木之间，滚到人或动物都无法搬动的位置。加内特被困住，但还活着。当时他的妈妈碰巧在场，虽然设法安慰他，她发现自己也可怕地被束缚住了。痛苦的加内特知道自己注定要死掉，一遍又一遍地乞求妈妈用身边的大锤快点结束他的悲惨处境。即使出于怜悯，她也无法杀死自己的孩子，结果只能忍受着，任由他恳求了两个小时，直到他流血致死。

弗里曼·丁格雷是加内特同时代的一个美国人，他也是首批在夏洛特女王岛安家的人。他帮助建立了离金针云杉不远的伐木镇波特克莱门兹。他也是早期到达并且没有在一两年后因断粮而屈服、放弃的人之一。除了一直用斧子手工伐木到70多岁，丁格雷还以种植大量蔬菜卖给当地人和殖民者闻名。他在其他方面也很成功，他的绰号是“大头钉”。

因为他有多个妻子和众多的子孙。他的一个孙子哈利，1928年在岛上出生。那时，夜里还常常可以听见海达人的鼓声震撼着穿过靠近育空河末端的马萨特港。哈利14岁就投入了终生从事的伐木业。他进入了一个今天很难想象的世界。在那里，一个孩子第一天开始工作，可能就要在充满泥浆的坑里，一个膝盖抵住胸部，一只脏手拿猎刀刮掉脸上桃子般的绒毛。“怎么样?”他的新朋友对他说，“现在你是个男人了。”

丁格雷1993年在他65岁的时候退休，不过算起来他应该在那之前就死了。他的一个哥哥和两个同父异母兄弟死于伐木事故，而那只是开始。像老练的丛林向导一样，职业伐木工能滔滔不绝地背诵出大批死去或残废的同事名字，数量只有职业士兵堪可相比。丁格雷的一个朋友维尔·兰科特被飞过的缆绳剥去头皮，另一个叫琼德·麦克曼的被拖过轧边机——一种用于截掉粗糙木板边缘的机器。“大力士”乔·扬在拖原木下山时失去控制，从集材道横木上被抛了出来，折断了背。卡尔·拉森被缆绳击中，冲击力使大动脉从胸腔暴突出来；瑞典人丁格雷奔跑时被他伐倒的树下从背后击中，当场死亡。还有一个人安全回到了温哥华，记得刚走出一间酒吧，就被一个街区外的醉汉胡乱开枪射穿头部而死。很多年，温哥华《新闻先驱报》都记录伐木工死亡数字，就像《纽约时报》报导美国士兵在战场死亡数字一样。

丁格雷砍伐的夏洛特女王岛云杉最大的直径达到 16 英尺。似乎是靠幸运和猫一样的快速反射动作，他才存活下来（他的另一个同父异母哥哥和杰克·丹姆塞战斗了三轮），但是自然的乐观主义可能也起了重要作用。他曾描述，有一次跳入庇护坑来躲避脱轨原木的打击，“你知道，当原木从坑上面滚过时，身体要缩起来。”有时反应快才救了他一命。一次喝醉了，他大错特错地侮辱了一个高大的意大利人弗纳多。那人很反感，把他打倒在地，正准备踢烂他的脑袋，如果不是另一个伐木工拜尔干预调停，弗纳多很可能就得手了。神志不清的丁格雷被抬回工棚，放到床上。第二天，他被工头“大推”叫醒，他是来炒他鱿鱼的。丁格雷只能听见他的声音，因为他眼睛瞎了，他被踢得太厉害，眼睛充血。当工头看见他的脸时，倒吸了口凉气，转身冲出房子。丁格雷听见他在半路对前来急救的人说：“他的眼睛不行了，保不住了。”

丁格雷康复了，就是像那样的殴打产生了“伐木工的天花”一词——意思是指铁钉靴子践踏留下的伤疤。发音为“铐克”的靴子，样子像高档工业高尔夫球鞋，鞋底有三英寸厚的跟，钉有半英寸长的铁钉，鞋帮用厚重的缨状饰皮革制成，鞋带系到小腿，有时是膝盖。在湿滑疏松的苔藓覆盖的岩石密布的森林，它们像登山鞋底钉对登山家一样重要。

有时森林会整个吞掉一个人。20 世纪 60 年代初期，万库弗岛琼恩·兰丁外一个宿营地，一组工人在清理一片风暴刮倒的森林。许多树根都露了出来，人们从底部把树砍掉，留下树桩和球根，有些球根有 20 英尺宽，立在边上。中午，工人们休息吃午饭，可当他们重新集合时，两个人不见了。请来了搜救队，也是没有用。好像他们人间蒸发了。其他可能性都排除了，有人才想起来查看树桩下面，就在那里，他们发现了失踪的两个人。他们犯了错，用阴凉的倒放的树根做靠背，以致吃饭时，树桩返转回原位，像巨大的土钳夹把他们“咬”在里面。

早年伐木事故频繁。如果一个人死在工地，他的尸体就被推到一边。其他人继续工作，直到完工，船、飞机或信使才被派去通知警察。在边远地区，这种做法至少持续到 20 世纪 80 年代。甚至现在，伐木工有时必须抬着死去的同事走出森林，像抬面粉口袋一样。许多营地工头把工人也看作是消耗品，是可以互换的个体，可以随意雇佣和解雇。有的伐木营地有三类人：一类人在工作；一类人刚被解雇；还有一类人将乘下一班船到来。潘尼基·贝尔是夏洛特女王岛一个臭名昭著的工头。据丁格雷回忆，一次有两个工人被他解雇。贝尔叫了一架飞机把他们带走。当飞行员因为只有两个人而不想来时，他当场炒掉另外几个工人，凑够了数。

工头的声誉是随他手下的工人的生产力的升降而提高或下降的。结果就有了叫做“全速前进”的做法。无论如何，“全速前进”以人力和机械最大可能的速度将原木拖出森林。哈利·丁格雷把它叫做“像牛马一样疯狂地工作”。马和牛被蒸汽发动机代替，卷扬机的绞盘用缆绳和滑轮把原木拖出森林，这样速度就大大加快了。19世纪末20世纪初，卷扬机第一次亮相时，它们还是很简单的、相对小型的设备，比垃圾桶大不了多少。它们在原木做的雪橇上行驶，和远处的树连接起来，绕着轴旋转，把自己运出森林。最早设计的卷扬机是在地上把原木拖出去。技术改进后，高索和架空吊车被引进。高索通过卷扬机连到山坡上高大结实的树（圆材）上，而架空吊车在原材之间工作。有宽领带之称的二级缆绳从高索悬挂下来，一条条连接到原木一端，使伐木工能够以部分空运的状态拖曳原木，避免了悬挂在岩石上或地面绳子会遇到的森林倒木。牛队移动缓慢，蒸汽卷扬机和高索会以每小时30英里的速度，把一批或一“轮”原木拖出森林。一批30英尺的原木以那样的速度弹跳，经过崎岖地面，那景象就像目击者描述的疯狂的五十吨的袋鼠。如果发生意外就很可能是灾难性的。

一个人会冒生命危险去做事情，总是让人不可思议，但星期五一箱啤酒的许诺会造成原木产量的普通的一周和创造纪录的一周的天壤之别，那也是生和死的差别。随着机器变得越大越强，拥有和操作也越昂贵。期望也增加。内尔·麦可雷记得,20 世纪 20 年代叫做"华盛顿飞行员"的巨大机器,是 18 英尺长 11 英尺宽的蒸汽卷扬机,在直径 5 英尺的原木做成的 90 英尺长的雪橇上运行,可以带动 3500 英尺的 2 英寸高索。"它是可怕的魔鬼,"他回忆说,"你可以用它清除整个山坡。"他们就这样做了。齿轮运转得如此厉害,以至滑轮和缆索有时会发红发热,把周边的树木都点燃了。

因为操作卷扬机的人可能离正在把阻塞物"安置"在原木周围的捆木工有半英里或者更远,他们需要一种口哨代号来交流下面需要做什么:向后拖,向前放松,停止等。甚至还有特殊的死亡信号:七声长音。负责来回传递这种信息的人叫做口哨崩客。他站在树桩或高地上,可以看清楚整个场面。在他下面,在巨树、山和机器前面,像很多松鼠一样,伐木工和捆木工在成群的蚊蝇的刺痛困扰中度过经常下雨的日子,攀缘原木、岩石和折断树枝锋利的尖端,挣扎着达到或超过工头的配额。那似乎是科学地设计来专门粉碎四肢和压垮身体的环境。人们经常受伤或死掉,不足为奇。他们也经常会放弃,或者晚餐吃三块牛排、一满盘马铃薯和满满一碗冰淇淋。

到 20 世纪 60 年代中期,蒸汽卷扬机的时代已过去 10 年了,伐木的景象、感觉和声音都改变了。燃木汽锅轻柔的呼呼声被柴油机叮当的喧嚣所代替。大多人现在看到的卡车伐木时代正处在上升趋势。最后一批用斧子伐木的人都在 50 年代改成使用链锯了——虽然这些早期的锯没有什么改进。除了机械性能不稳,钢镁合金机器有 7 英尺的刀刃,重达 140 磅。50 年前的伐木就像整天带着哈雷·

戴维森摩托车引擎爬山，还有链子和链轮齿。到早上10点左右，5磅重的斧子一定会显得很诱人。不过，链锯的威力和吸引力是不可否认的，即使那时也很清楚它们会在森林里继续使用。但是没有人为它们将对森林产生的影响做好心理准备。

第六章　通向火星的木板路

明年我们将进行大破坏
在那绿色的战壕——
锯将不停地唱着它们哀怨的挽歌，
卷扬机将收获尸体，
大地将被锤打，只剩下木桩和遗迹。

——比得·卓沃，《栋梁树》

安格斯·芒克 13 岁进入森林。在 20 世纪 20 年代这不足为奇，上百万孩子被“一战”夺去父亲，因环境逼迫，背井离乡，闯荡世界。那时在西海岸，一个 10 岁的男孩在船长睡觉时轮班掌舵，或划独木舟去几英里外的岛，是很常见的事。时代不同了，地广人稀，工作量巨大，任何形式的能力都被发挥到极致。芒克家族从外赫布里底群岛的一个苏格兰小岛本比库拉来到加拿大：那片荒芜而暴露在风中的群岛是夏洛特女王岛的翻版——除了树木。严酷的生活，依靠大西洋的恩惠，铸就了坚强无畏的性格品质，这在安格斯身上充分体现出来。他来到万库弗岛，自然地理和体力两方面都达到了极限，在那里，伐木营地成了他的高中和大学。虽然开始时他几乎还没到青春期，他用事实证明自己是一个聪明好学的学生。从一个营地到另一个营地漂流，他积累了多种技能，成为超群的高架索人（索具装配人），那是最危险也是森林里收入最高的工作。

如果你偶然看到一张旧相片，有人举着斧子站在树上，那不是伐木工而是稀少的高空索具装配人。像建造摩天大楼的钢铁架工人，这些人负责把原材树牵上高索缆绳，包括悬挂3英尺宽、2000磅重的巨大滑轮，它连着缆绳，拉好从各方向固定原材的支索，以免被所支撑的巨大货物拖倒。这种工作需要天生的勇气、强健的体魄和技术，伐木的成功基本上取决于高索牵拉者的能力。

最早的高索牵拉者是水手，在摇摆不定的桅杆上驾轻就熟以及熟悉复杂的牵索程序，使他们天然适合这种工作。他们的特别装备很有限：3尺攀登铁钉绑在脚踝上，一条重绳子扣在腰上，用悬带吊挂在树干上。绳子和电线芯绕在一起，这样就不会被斧子（比伐木工用的短小精致些）意外地砍断。除了斧子和单人横切锯，和他的皮带连着的还有“草绳”，就是很轻的绳，在原材准备好时用于拉起相连的大绳子、缆绳和滑轮。带齐装备，高索牵拉者像猴子一样抱爬上250英尺高的大树，一边爬一边砍掉树枝。因为树梢部分比较细，不那么结实，需要砍掉；有时用炸药炸掉。截去树顶是很艰难的，如果有风，树顶在被完全砍穿前开始掉下，树就会像理发师的椅子一样整个裂开，结果牵索者就会被压在伸展的树和他固定的安全绳之间。这样高的树要经受住冬天的大风，它们必须有非常的柔韧性。即使一切按计划顺利进行，几吨重的原材树顶被放下时也会使树剧烈地摇晃。地面上一起工作的人会观察到，当原材像暴风雨中船的桅杆一样来回摇动时，为了生命安全，牵索者低着头，钉牢铁钉，用力抓住树干。当一切恢复平静，一些牵索者，包括安格斯，会站在他们建造的像鸡尾酒托盘一样宽的平台上向空中撒尿。滑轮固定好，他们会顺着绳索滑下来。安格斯对高度下滑如此熟练，他在 150 英尺高处抛下帽子，等帽子落地时他已经下滑到地面了。其他的伐木工对牵索者充满敬畏，同时也庆幸他们不用做这样危险的工作。回到地面，这样的人都会被称做一半特技人，一半斗牛士，狂妄自大且绝对不可缺少。他无疑是货真价实的"林中霸王"。

不过，即使牵索者也还只受雇于人，安格斯有更远大的抱负。最终他积累了足够的本领，成为业内的自由伐木工。这是冒险的一大步。他们是独立的操作者，可能拥有几辆卡车，一些移动帐篷，和反映出他们自己风格的表现。像有 60 头牛和 25 英里地的终身保有权的农场主一样，他们非常容易受市场突发事件的影响，他们现在已濒临灭绝了。50 年代至 60 年代末，安格斯和他的人彻底砍伐了豪威海峡的山谷，它是从北部进入万库弗英吉利海湾的一条深深的峡湾。尽管经常云雾笼罩，却是令人震惊的美景，深而光亮的水域点缀着小岛，四周耸立着森林掩映的山峰。蜿蜒穿过万库弗西，向上直到海峡的东边是海天公路（Sea to Sky Highway）。这条路 1958 年通车，是同加利福尼亚一级高速路一样的伟大工程。作为城市的大门，它可以和旧金山的金门大桥相比。欧洲没有其他高速路像这里一样，把旅客放在山和海的危险入口处。安格斯·芒克签了合同，就在它上面的陡坡伐木。

20世纪50年代的温哥华仍然是一个英国殖民镇，政府、社会道德观念和教育都反映出这点。被洛矶山脉、沿海山脉和其他加拿大地区分开，被边境与美国分开，温哥华，有着加拿大内陆最温和的气候，漂浮在完全属于自己富饶的绿色世界上。到今天，西边还有英国殖民郊区的感觉：比如开普敦、香港和槟城，只差气候与英国不同。不下雨时，帆船巡游雪山下的海湾，人们在岸上的俱乐部里打着板球、草地保龄球和网球。"皇家的"和"英国的"是通常的前缀。在更接近加利福尼亚而不是加拿大的气候里，无花果树、风车棕榈和日本香蕉树茂盛地生长在智利南美杉和树一样高大的山茶花旁边。

温哥华东面和它宁静庄严的西部郊区完全不同，亚洲、欧洲移民，还有来自加拿大西部的印第安人，在船坞和木材厂上空立起的密布的小招牌和隔板房街道上，努力占据有利位置。伐木工在树林里分散而孤立，但在城镇的东部他们却聚集一起。这里，流浪伐木工、矿工、渔民在格兰维尔大街男女隔开的酒吧里喝酒，在"黑石"和"奥斯汀"一类的廉价旅店酩酊大醉地嫖宿。

很多代伐木工都被看成一种另类，需要特别对待，就像拳击手或英国足球迷一样。有一个生动的例子说明问题，"M. V. 王子马奎纳"号（服务英属哥伦比亚的客船）上的广播曾经呼叫温哥华港说，我们有50名乘客和150个伐木工。很多时候，贬义的绰号如"丛林猩猩"和"木材野兽"还算公正的，就像了解内情的人所说，"那些日子里，有一批恐怖的血腥的动物在森林里。"对于一部分林地居民来说，伐木是英属哥伦比亚对法国外籍退伍军人协会的回答:吸毒者、罪犯和暴徒经常在伐木者营地避难,而法庭也鼓励这种行为。甚至海洛因也能够在那里找到出路。

乘船或飞机从森林出来的伐木工是活债务,这些人身体状况很可怕,患有严重的幽闭烦躁症,并且极度性欲过剩。朝城里进发时,他们很多已经手拿酒瓶,准备发泄一番。对万库弗岛来的45岁的伐木工比尔·维伯来说,那些日子还记忆犹新。他出生在一个小伐木社区,父亲是传教士。他不是靠募捐活着,而是靠在布道间隙时间运输伐木设备。祖母是乘有篷马车向西旅行的最后一个孩子。穿鞋钉的维伯高六英尺四英寸,有着班扬①一样的身材、敏锐的蓝眼睛和亚麻色头发,看上去像日耳曼骑士,或木材广告的海报形象。他回忆,有一次水上飞机航行,体力充沛的他决定立即释放自己。令飞行员惊愕的是,他打开门,爬到飞机支撑浮桥的浮舟上,迎着每小时一百英里的逆风。他一手把住机翼,另一只手张开,只靠五根手指却没有从一千尺高处跌入乔治亚海峡。在丛林里干上几个月,一个人可能赚到一大笔钱,令人忘乎所以的厚厚一叠钱,"我衬衣口袋里有三四千元,"他说,"我可以大摇大摆地走来走去,好像我在速降滑雪赛中抓住了世界的尾巴。"

年轻的伐木工大多不熟悉城市生活方式,他们很容易被辨认出来。就是这样的原因让两条温哥华街有了"痛打街"和"血街"的名字,还有一条街叫"上海"。它们现在还在。也有故事说,印第安人会

① 保罗·班扬,美国民间故事中的伐木巨人,力大无比,后成为美国巨大与力量的象征,并用作木材公司的广告形象。

把喝醉的白人赶走，把他们的衣服撕烂横铺在货仓外的火车车轨上。温哥华有一个优点，它是加拿大内陆惟一一个在冬天的夜里昏倒于公园而不被冻死的城市。“我会去温哥华花掉工资，回来只剩下身上穿的衣服。”他回忆说，“大量纵酒狂欢，服麻醉品，不分昼夜地酣睡。暖水瓶里有爱尔兰热咖啡——那是生活里不可或缺的。如果一个人喝得半醉，其他工友都会罩着他的。”

他们这样做并不是为了回报，因为生活就靠这些。甚至现在，伐木工顶替生病的同伴，还在恢复中的人咀嚼烟草或抽烟来放松紧张的神经或不舒服的胃，这些都不是什么很稀奇的事。无疑，吸毒和喝酒造成了一些死亡，万库弗岛一个装火药的人回到森林，受震颤性精神错乱的影响，把五十磅炸药安装在树桩下，自己坐在上面，结果被炸飞上了天。“星期天，不要把我从地上拉起来”，安格斯·芒克那时经常这样说，他是指无法避免的宿醉。他和那一代人没什么不同，酒精对他们有实际的用途，是食物的重要部分，不过他更为极端。哈利·普内在蒸汽机时代就是他的好朋友了，他回忆有一天早上，安格斯调制了下面的配料，并把它叫做早餐：

安格斯蛋

煮熟 17 个鸡蛋，剥皮

放在碗里

加一杯顺风威士忌

供一人食用

安格斯有像他的体格一样强大的胃口，无论如何可以达到某种平衡，即使是不稳定的平衡。根据中世纪伐木工的标准，他在两个世界都得天独厚。与他同时代的大多人一次要被流放几个月到只有船和飞机才能到达的边远山谷，而他白天在森林中管理工人，晚上开车回到位于西温哥华高级郊区的家。他坚强，快乐，善于与人交往，除了对手，大家都很喜欢他，并惦记着他。美中不足的是，没有一个儿子跟随在他身边工作。不久之后，他的一个外甥将会填补这个空白。他的姐姐丽丽安曾有两个儿子，但只有一个活过 35 岁，名叫格兰特·哈德温，他很多地方都像安格斯。舅舅和外甥都具有边远居民的放荡和冒险性格。1966 年，格兰特退学离家，那年他才 16 岁，第一个老板是舅舅安格斯。

伐木业是一个粗暴残忍的行业，可以让人 50 岁就显得很苍老。不过格兰特是个天生的运动员，是这项任务最理想的人选，在体力挑战和无数危险前都表现突出。粗犷而与世隔绝的生活方式，快要消失的拓荒时代的最后一链，捕获了他的想象力，必将改变他的生活，绝不仅仅是因为这违背了他工程师父亲的白领愿望。20 岁的格兰特·哈德温，中上阶层预科学校的流亡者，接受了老式伐木工的服装和习惯：灰羊毛斯坦菲尔兹内衣，半截的牛仔裤①用吊裤带吊着，下嘴唇叼着哥本哈根雪茄，而且还有惊人的酒量。

尽管这种改变很剧烈，但与其说是后天反应，不如说是一个人身体器官推动下的天然进化。高中时，同龄人还在玩赛车和追女孩子

---

① 膝盖以下剪掉以防划破的牛仔裤。

时，格兰特就在建造小木屋，在西温哥华父母家背后拔地而起的山上游荡。很少人有机会深入了解他，部分因为他似乎总是处于行动之中，他仅有的一个高中朋友死于摩托车事故。在其他同学的印象中，他很不合群，有独立思想。“他真的很热情”，图鲁斯·科兰德记得他15岁时的样子。“一点儿也不消极，人很有精神”。他和其他人都认为格兰特是网球和橄榄球天才，钉板上的奇才①。虽然相对而言，他更喜爱大山，但是他待人彬彬有礼，谈吐文雅，让人毫无戒心。姑姑芭芭拉·约翰森说到她的侄子时，这样形容：“非常有礼貌。自信、谦和、正派。”如果礼貌和行为表现是衡量成功教育的标准，他早期在寄宿学校的时间应该算是没有白费。“他很优雅，”另一个同学说，“他完全可以去拜会女王了。”

他的父亲汤姆·哈德温，以优异成绩从英属哥伦比亚大学电力工程专业毕业，并成为高级工程师和英属哥伦比亚水电公司（省内最大的电力公司）的终身雇员。“和他辩论你决不会赢，”一个雇员说，他和安格斯截然不同。汤姆严厉吝啬、注重身份、睿智，而安格斯豪爽、不驯、精力充沛。格兰特很爱安格斯，和沉闷的家庭和学校气氛相比，安格斯简直就是他的氧气。尽管他崇拜舅舅和他的生活方式，他还是被所看到的一切惊呆了。从一开始，他就没有躲过大多树伐木工被迫要签的福斯田契约。和舅舅工作一段时间后，格兰特回来了。到西温哥华，拜访了姑姑芭芭拉，那是他还有联络的少数家族成员之一。她说，格兰特对伐木过程的破坏感到震惊。那时格兰特只

---

① 一种健身运动，把手拿的夹子插入依次升高的孔里，爬上垂直的木板。

有 17 岁，他向姑姑描述了把山坡变成光秃岩石的伐木方法，他告诉姑姑，“那里不可能再生长什么了”。

一个十几岁的温哥华孩子如此考虑这件事是不寻常的。尤其是有哈德温血统的人。伐木的确建造了城市，大多数人都与这个行业有关联——不是直接的，就是通过家人或朋友。但是，在沉睡的绿色伐木小镇上，事情发生了变化——起初是悄悄的。格兰特向姑姑报告他的观察后不久，在英吉利湾北方，一个新的组织在南部 5 英里外成立了。他们给自己的组织取了令人迷惑的加拿大名字：“不要引起混乱”委员会。结果证明这个名称并不恰当，所以在 1970 年又改成“绿色和平”。

格兰特入行时，西海岸伐木业已经是高度机械化了。不过，人们还没有完全认识到环境问题。伐木区偶尔才有再种植，我们现在所理解的保护只受到很少关注。边境两边，西北森林仍然被当成取之不尽的金鹅。当地政府和伐木业基本上是自私自利的勾结，重点是产量和速度。他们的工作座右铭是“把砍的树运出来”。当整个山谷两边没有什么可砍伐的了，就向前推进。事实上，这是普遍的程序，一个十年接着另一个十年，从一个山谷到另一个山谷。毕竟还有很多很多山谷，尤其在英属哥伦比亚。

无论如何，英属哥伦比亚都是面积绝对巨大的地方，它横跨两个时区，地球上有 164 个国家的国土面积都小于这个地区的面积。加利福尼亚、俄勒冈和华盛顿都可以放到这么大的面积里，还有空间容纳新英格兰的大部分。南到北，东到西，这个省几乎完全由山地构成，茂密的林木从谷底一直延伸到林木线。甚至现在，这片地区也很难通行，从西南角的温哥华出发去鲁珀特王子港，中途向北转向海岸，如果天气允许的话，也要 24 小时。虽然它和得克萨斯州一样宽，却只有两条铺好的公路通向北部边境，一条是阿拉斯加高速。英属哥伦比亚海岸线，包括海岛和港湾，有 17000 英里长，过去所有地方都有森林，大多延伸到水线。

像阿拉斯加一样，这片土地焕发着不可抵挡的力量，会削弱所有企图通过的人的意志。一群 1000 磅的海狮可能只是一堆蛆虫，人类也只不过是供养蚊子的一袋活动的血浆。像人这么弱小的东西要对这个地方造成什么影响简直是蚍蜉撼树一样可笑。广袤的地理，可以使人们有理由认为西海岸的财富是永无止境的。数字证明了这一点。这里的木材储量惊人：1921 年，工业化伐木 60 年后，全省剩下的木材是 36.6 亿板英尺——足够建造 2000 万座房子或修筑一条通向火星的木板路。

格兰特一如既往，没有在舅舅那里待多久。短暂的学徒期后，他出发前往一个从前叫金桥的滨海山区开矿镇，它位于温哥华以北 4 小时里程的地方。他很了解这个地区：他小的时候，家里在大炮湖有一个木屋，就在这个城外。被高大崎岖山脉的自然堡垒与外界阻隔，金桥一直是个边缘小镇。河水有冰川的清绿色，惟一的通道是崎岖不平的伐木用的路，两边是致命的悬崖。金桥向南几英里是布拉隆先驱矿的遗址，是英属哥伦比亚最盈利的金矿。在全盛期，有数千名工人在地下一英里深处工作，呼吸着阴冷的循环利用的空气。1971 年金矿关闭时，当地人口暴跌至几百人。现在，大灰熊、狼和山羊比人还要多。

发现自己想从事的职业是商业木材侦察和设计工程师之前，格兰特做过各种各样的工作：伐木、勘探、重型设备操作、爆破和硬岩钻孔。没有工作的时候，他独自一人，四处打猎，探索周围的荒野。晚上，他似乎在父亲和舅舅代表的两极间摇摆不定：合约桥牌的令人惊讶的郊外消遣和当地酒吧喧闹粗野的夜晚。他的一个邻居记得格兰特和另一个叫弗兰克林的人把阴茎伸到吧台上对比看谁的更长，一个当地叫大伊迪丝的女人做裁判。无疑，一个世纪前，在道奇城类似荒唐的比赛还有很多，只是没有人记录下来。

另一次，一个人在布拉路尼酒吧和格兰特打赌 100 元，说他不能在 1 小时内垂直爬 1000 英尺。在海岸山上这不是什么壮举，那里有陡峭的光滑的山脉，有疏松的岩石和积雪覆盖的四五十度斜坡。但是，格兰特离开酒吧不一会儿就回来收钱了。问到他的钱在哪儿时，那个意识到自己在与谁打赌的人违背协议退出了。不过格兰特还是出去攀爬并为自己计时，只为证明他有能力做到。他是全心全意完成每一个承诺的人。他的持久精力和竞争力都是当地传说的话题。他以把合作者使用到报废为止而闻名。“即使手插在口袋里，他也能跳越过你无法想象的东西。”一个现在在林业部工作的前助手说。他回忆道，“你要想赶上他，得需要喷气发动机组件。”

“他是我所见过的最健壮的人，”他的一个长期同事和好朋友保尔·波聂尔解释说，“我们经常在树林里奔跑、比赛。他不喜欢输给别人。”

传奇的美国开拓者丹尼尔·布恩，据说可以在崎岖不平的山路上一天走 40 英里，格兰特赶上他应该不成问题。和健壮的西海岸伐木工一起走路的经历会让大多人气喘吁吁和拼命挣扎。伐木工扛着沉重的链锯、工具带、汽油和石油罐，也能姿态优雅地快速穿过崇山中的森林——这里是美洲狮的国度。之所以具有这样的超强能力，部分缘于经验和工作规范，但也有客观的原因：这地方太大了，如果不快速行动，根本哪儿也去不了。他们由于经常要在卧木架接起来的窄路上行走，在大石头上和树丛中就能一口气行走 1000 码。因为地势崎岖不平，这种架接起来的路可以让人一下子离地面 30 英尺。从一棵树到另一棵，通常需要跳过去，或是摇摆着穿过细小的树枝，在雨天这可是相当危险的。所以西海岸森林工人都要穿铁钉鞋，格兰特有时带着钉鞋，有时不带。甚至在冬天，人们会发现格兰特穿着牛仔裤、毛衬衣和易穿易脱的室内便鞋巡游林木线，而他的同事却裹着厚厚的风雪大衣、穿着铁刺皮靴，费力地簇拥着跟上他的脚步。

在高山林中生活的居民，有一种很少其他职业所能比拟的体力强度和可能性的顽固结合。对格兰特来说，金桥周围的崇山带给他一种适宜的挑战，一种稳定的饮食结构，而其他木材勘查者会将其描述成“不可预知的意外”。即使在森林人看来，这份远程操纵木材业的工作给了格兰特令人妒忌的自由——如果格兰特想绕路登上 9000 英尺的山顶，他同样可以做到；如果有吸引格兰特的雪原，他会从覆盖冰雪的斜坡滑下 4000 英尺，回到林木线。在这个过程中，格兰特也许会发现地图上没有标出的一个湖。如果认为有趣，格兰特就带上步枪、罗盘、高度表和记事本做实地考察。格兰特在森林里有十足的自信，所以，别人看来似乎是自杀行为的，他都会泰然处之。一次格兰特和保尔·波聂尔在城南 10 英里的独羊溪上的岩石边遭遇一对大灰熊，格兰特立即拍手大声喊叫，以吸引灰熊的注意，而不是悄悄地观察，或朝反方向逃走。格兰特成功了，熊朝他冲来。灰熊速度惊人，一旦被激怒，它们会突击目标，像一个多毛而有爪的火车头一样恐怖而无可逃遁。刘易斯和克拉克描写过和这些熊遭遇的情况，他们不得不开枪射击，以免遭到攻击。一头熊中了十发步枪弹才最终倒下。当时，保尔和格兰特都没有武器，而且在灰熊（也许要来撕碎他们）到达前只有几秒钟的时间来决定怎么办。格兰特看好风向，保尔紧紧相随，灰熊则在后面猛追。最终格兰特两人趟过溪水，躲避在下风处。在那里，这个近视的凶残动物失去了目标。

另一次是在一个深秋，格兰特心血来潮去山里打猎。尽管已有初雪，格兰特只穿了件牛仔夹克，带着半瓶四十度的伏特加，一枝带概略瞄准具的曼利夏步枪。两天后，他扛着一只山羊回来了。这是相当了不起的行为。因为山羊比鹿或北欧猎狗更难接近，况且即使在最有利的情况下，用缺口表尺（而不是望远镜瞄准器）和曼利夏步枪打中猎物，也不能保证能将猎物打死。在冬天如此恶劣的环境中，格兰特不仅喝得半醉半醒，而且还带有近视，但却独自跟踪、杀死并找回了这只 200 磅重的家伙。

除了消耗大量嚼烟（一次半罐，有时泡在朗姆酒里），格兰特还成箱地买回威士忌酒，豪饮狂欢，甚至在寒冷的冬天，有时也会昏睡在收获葡萄时用的史都贝克敞篷小货车后，或昏迷在填满积雪的沟渠里，只穿着居家衬衣和裤子。有这样一个当地人的笑话：“看呀，那雪球在滚动了，一定是格兰特。”早上，他会摇晃地站起来，抖掉身上的雪，踉跄地走回家。不知道他是怎么活过来的（酒精并不能保暖，因为它只是膨胀血管，表面上让你感到不那么冷）。早期的相片显示，此人细长身材，小骨架，身高将近六英尺，高颧骨，下巴突出，浓密的棕色头发偏分两边，还有一双敏锐的蓝眼睛。年纪老一些的时候，他仍然保持着为获得速度和距离特有的久经锻炼的肌块，像越野运动员或旧世界的信使。

在金桥的时候，认识格兰特的人都喜欢他瘦削的面容、锋利的眼睛，以及詹姆斯·迪恩和克林特·伊斯特伍德式的老派绅士风度。崇拜他的女人往往都对之敬而远之。尽管他一般都是安静而彬彬有礼的，但他拥有一种切实的力度，一种敏锐的直面的深信不疑，这令一些人觉得不安。“他总是要做到最好，永远要第一，”芭芭拉姑姑说，“一切都要以他的方式，从来没有任何商量的余地。”

但是，一种丑陋的、本质性的妥协扎根在木材业。尤其是像格兰特这样，以最原始的本性成长起来的人。他和他同事所看到的20世纪60—70年代英属哥伦比亚的森林，和亚历山大·麦肯兹200年前经历的是一样的。它们黑暗、密集，仿佛永无尽头，充满恐怖的生物，因为大多英属哥伦比亚海岸是没有陆地通道的，那是北美最荒蛮的地域。偶尔出现的猎人、勘探者、测量员或木材巡视者，往往是第一批涉足这片令人畏惧的森林的欧洲人。后来的绝大部分人只是过路客，虽然原材料丰富，却很难在金桥这样的地方定居。成功定居的矿工很少，大多数伐木工从外地雇佣而来。不过格兰特找到了一个办法，正像保尔所说，他“事实上是负责采伐设计的工程师”，面向广大的周边森林。他受雇于埃文斯木制品公司——一个中等规模的木材公司，基地在60英里外的利罗艾特。他们给他一个头衔——规划主管，还有一部公司卡车。这是一个美差，是适合格兰特这么极端独立的人的很少的工作之一。

他也成功找到一个忍受得了他的女人。1978 年，格兰特娶了信奉正统派基督教的利罗艾特护士玛格丽特，她改变了他的生活——他戒了烟和整夜嚼烟的习惯。鉴于他对这两样东西那么上瘾，这是个了不起的成就，也表现出他难以置信的非凡意志力。更不可思议的是他从没走回老路。玛格丽特是不爱交际的缄默的居家女人。他们有三个孩子，她是个尽职的妈妈。接下来的十年是格兰特所度过的最幸福稳定的时光。他在金桥给家人盖了最壮观的房子。有三层楼高，全部用手砍原材建造，从砍伐木料、加工到装配都是他亲手或在他指挥下完成。巨大河石垒成的烟囱上的压顶石是一块床垫形状的四吨多重的花岗岩；前台阶也非常漂亮，从斜纹的整块原材凿出来，纹理从头到尾像瀑布般流畅。

70 年代末是木材业的鼎盛期，格兰特乘风破浪，那是获得林业技工证书的好机会，1973 年他就拿到了这种为期两年的许可证。很多方面，格兰特的雇约与麦肯兹、刘易斯和克拉克没有什么不同——深入荒野，找到有价值的东西，并带回开采计划。除了了解森林和它们相对的商业价值外，这项工作还需要对地形有所敏感。穿过林木茂密的山野，你需要能够看出并规划一条平坦的通道，事实上，那是大型轮式设备的通道。就格兰特的情况而言，关键在于他是否正确地完成了工作，这意味着他兴致勃勃探索的荒野不久就能通过越野伐木卡车了，它们装载着 100 吨货物（一般高速公路限重的两倍）和受命前来以最快速度铲平指定采伐区的工人。他不仅仅擅长于此，而且有时还做得极为出色。

在过去30年里，野外道路的规划是格外困难的。一个人要像一个巨大的重型设备一样“思想”，需要逐渐的倾斜，坚实的路肩，最小的险弯。更为关键的是，到了1980年，海岸边容易采伐的木材都被砍光了，剩下的是那些最难抵达、费用最为昂贵的地方，比如塞顿山脉。“说到规划，他有第六感”，和他一起工作的同伴杜威·琼斯回忆到，“他在利罗艾特南边陡峭的山上建路，那真是个挑战，你会看着山的一边说，‘你根本无法在那里建路。’但是他办到了，这简直是一项工程奇迹。”

这就是塞顿山路，一条变形的岩石和泥土组成的弯曲的“肠子”，紧紧依随险峻的地形，从下面绝对看不见它。大量木材经由此路被拖出。20年后，从数里外还可以看到明显的痕迹。顺利的条件下，大自然要很长时间才能从皆伐中恢复。在木材业里叫做“收割”的事情是很令人震惊的：忧伤的土地和受害的木材组成的痛苦难忘的画面。破坏往往是如此剧烈和彻底，如果一个人不知道有伐木工从中经过，他会猜想一定发生了可怕的灾难：地震还是龙卷风？几年后，树桩开始褪色发白，给人留下有如大片遗弃的墓地石碑的印象。这样的场面整个西北太平洋地区到处都有。虽然现在很多这样的场景都被一块薄薄的“屏风”巧妙地掩盖住，不给公众发现。那就是“漂亮的条带”——幸存的森林。

当20世纪末哈德温一家出现在金桥时，周围的山谷覆盖着茂密的原始状态的高山木材林。现在，就像在英属哥伦比亚的大部分地区，皆伐向各个方向推进，使大山变成好像被不均匀剪掉了毛皮的巨大动物。格兰特，在他作为林业技工最成功的时期，规划了金桥周围边远森林的伐木通道。他热爱的工作把带给他美好回忆的森林夷为平地。在某种意义上说，这是家族传统，像许多老式西海岸家族一样，芒克和格兰特在开发这个国家方面作出了很多贡献。格兰特的父亲监管巨大的水利大坝工程，给温哥华大部分地方供电，祖父在木材兴盛时来到西部，赚了大钱，在西温哥华安家退休时已是成功的木材供应公司的经营者。

奇怪的是，尽管伐木业对我们的生活和大陆有深远的影响，业外人很少会去实地察看伐木工的操作。造成这种神秘的部分原因可以追溯到该行业对观众的多变的态度，但大多是因为一般消费者缺乏对来源的兴趣，或对资源的实际成本想当然。多数人不会和木头打交道，除非是成品，即使是业内人士也只对他们在链条中的某一环节有所了解。如果你问伐木工他的树去了哪里，或者问木匠他的木材来自哪里，他们经常都是不知道怎样回答，一旦木头被变成椅子或纸巾，它的出处就只能是猜测了。在加工的过程中，树的身份从星球上的一个生灵降低为僵死的统一的商品，按立方米来评估、交易，更为不常见的产品则要按纵尺进行买卖，从那里再转化到我们家里安全熟悉的特征，人们更看重它的用途和风格，而不是原材料。这时，它和树曾经有的关联就像干酪汉堡包和得克萨斯小公牛的关系一样，遥远而抽象。

我们和这个过程如此隔绝，还有一个原因就是，多数情况下，这个过程离我们很远。老熟林伐木工是后来的开拓者，让这个国家的最后一个黑暗角落为人所知。我们看不到他们，因为他们在向大多数人都不会停留超过 24 小时的地方推进。他们的生活方式强烈地吸引着格兰特。但是,当你停下来观望,问题就出现了。在木材业,觉醒意味着痛苦。对成功的评价包括一种奇怪而主观的微积分:是什么原因,工业城市上空的乌云成了“问题”,与高空中宣扬美好时代的标语相对?是什么时候,皆伐和圣诞树砍伐对健康完整的森林的比率开始导致审美或道德上的不适,或者真正的环境破坏?在英属哥伦比亚或北美那么广大的地方,如何估量这一点?像许多伦理模糊的从业人一样,格兰特发现他的成功越来越难以接受。他是家族中第一个看到结局到来的人,进而他相信,自己有责任调整这种不平衡。

第七章　致命的弱点

在生命之旅的中途，我发现

自己身处黑暗的森林，因为我迷失了

正确的道路，来到这复杂纷乱的地方。

——但丁，《神曲》开场白

保尔·波聂尔描述格兰特是“一个体贴的伐木工和仔细的筑路者”，他相信兼收并蓄，最好的和最坏的他都能接受，而不是像一般人那样刮去蛋糕上的奶油继续吃下一块。连他的房子都是在努力证明他的信条。在一个工业城镇，人力、资源和房屋大都在开发结束后被遗弃的情况下，格兰特的房子独自矗立，成了一种永恒的纪念碑。

结果，他对时机的掌握变得糟糕透顶，当伐木业进入史上最活跃的时期，他却倡导节制和适度。80年代是声名狼藉的“宝隆皆伐”的时代，起初是为了控制爆发性的松树虫害，人们争论着遏制政策在哪里结束，放肆的机会主义何时接管。无论如何，结果留下的是呈海星形状的光秃秃的砍伐区,延伸200平方英里,穿过英属哥伦比亚的中心地带①。当地的森林人自豪地描述它是从宇宙中所能看到的除了中国长城外惟一的人造物。在此事以及类似事件发生后不久,英属哥伦比亚获得了贬义的绰号“北方巴西”。自从被再种植并改名为“新森林”之后,宝隆不再荒凉突兀,而是继续作为州政府和控制大部分木材业的广大多民族之间暧昧和互相依存的关系的象征而存在。

到这时,环境组织保护沿海森林的斗争已经开展很多年了,但是对金桥周围那些不易上镜的高山林木来说,格兰特是荒野中惟一的呼声。“他不识时务,”从十几岁时就认识格兰特的布瑞安·杜阿布雷说,“按照自己的轨道行事,他比任何人都更早地提出环保和对森林适当管理的问题。”

他的工作之一就是勘测,然后写出该地区的详细报告。这些文件一般很枯燥、功利和形式主义。不过,格兰特开始利用它们作为平台,批评伐木方式,提出保留地区的建议。埃文斯木制品公司雇佣他,是因为他的耐力和规划技术,不是要他发表个人观点。他那有时非常尖锐的对现状的挑战并不受到总公司的欣赏。公司政治从来不适合他,他也不算是个团体行动者。尽管人们敬佩他的工作和能力,他和上司间还是出现了摩擦。他的独立不羁和不合群对他很不利,当勘测工作在利卢埃特结束时,他发现自己被罚出局了。“我是在被砍伐前最后看到这些地区的人之一。”他后来告诉记者,“各种时候,我试图伸手挽救这一块挽救那一块,结果都是徒劳。所以我想,我开

---

① 比较起来,圣海伦火山爆发毁掉150平方英里的森林。

始变得玩世不恭了。”

可以说，格兰特的疑虑和担忧是职业病。木材巡查和勘探是海森堡测不准原理的具体体现。尽管他们可能了解森林并善待树木，他们的观测注定要给那片风景带来剧烈的——即便不是灾难性的——冲击。他们是最后看见森林原貌的人。可是要改变这一过程，甚至对伐木业表示质疑是走错了步伐。这不仅和文化不协调，而且还违背时代趋势。保尔·哈利斯是少数幸运者之一，他看到过万库弗岛传奇式的尼姆基什谷辉煌的时刻。尼姆基什代表了省内最大型的木材基地：数英里的芹叶钩吻、冷杉和雪松，直径8—15英尺，像玉米秆一样密集。20世纪50年代初期，哈利斯·琼斯为加拿大森林产品公司花了整个夏天巡查山谷。“这些森林让我感到惊骇，”他回忆说，“简直太令人兴奋了，你可以乘水上飞机飞到营地，坐伐木火车到终点，然后步行进入荒野。森林密不透光，我们的皮肤比进去的时候白了许多。三个月没有见过太阳。蚊子非常恐怖，有时要抗洪，有时又要救火。我们一直试图寻找通过尼姆基什河走出这可怕森林的路。”

现在，尼姆基什谷无法辨认了。“从前的黑暗，茂密，华丽，”哈利说，“我回来，就全都不见了。不敢相信他们砍伐了所有尼姆基什谷，最后只剩下44英亩。”（哈利斯·琼斯现为环境活动家和作家，他除了在英属哥伦比亚发现了大理石纹小海鸦巢，还被授权领导温哥华以外卡伦山脉老熟林的保护，那里包括加拿大最古老的树木。）

苏珊娜·西麦德是英属哥伦比亚大学林业系教授，她还是学生时，夏天在利罗艾特的山中度过，帮助格兰特做道路规划。她的经历和很多其他同格兰特共事多年的人相似。她觉得他安静、周到、善于工作。她对他在丛林里那种返祖性的回归山林的安然印象深刻。“我们还在蹒跚而行，他一下子就不见了，像北美草原的狼或狗一样敏捷，”她回忆说。西麦德也看到他的苦恼。除了风景的破坏，滑坡和河流淤塞也是山林伐木的最为普遍的负面影响之一，在沿海英属哥伦比亚这样的环境中，表层土壤稀薄，降雨量大，这些问题都组合起来了。在这方面，埃文斯木制品公司的记录很差，按照一个退休林务官的话说，它们是“排在最后的公司。它们给伐木业带来了坏名声。”80 年代初，西麦德给格兰特做助手时，埃文斯对金桥周围的森林采取了“宝隆”的方式。“就像一个大型机器进来了，把森林都移走了。我现在都不忍心回到那里。”

“我们基本上摧毁了这个地方，”艾尔·冯德罗和格兰特工作过的第二代伐木工解释说，“我赚了不少钱，过得不错，”他补充说，“但是有时你会想，这一切是否值得。”

1983 年，埃文斯被另一个公司收购前不久，格兰特痛苦地辞职了。他独立工作，努力找到既获利又不毁坏森林的办法。离开埃文斯后的三年里，他经营自己在金桥郊外的伐木公司，抢救对周边大部分森林造成危害的虫害所杀死的树木，并连接铁路线。“那家伙工作很卖力，”他的邻居汤姆·伊利治说，“他一个人做三个人的工作。”80 年代后期，西海岸木材业很不景气，对英属哥伦比亚很重要的日本市场垮了，价格一落千丈。尽管付出了超常的努力，格兰特的生意还是不景气。所以他又开始从事自由勘探，巡查木材，在全省各地规划道路。一切都很顺利，直到 1987 年夏末，在他 38 岁生日前不久，他的生活出现了令人不安的转折。在靠近阿尔伯达边境的麦克布瑞德，格兰特为一家木材公司做承包工作，他得到了很高的评价，吉恩·朗兹公司林地经理对他印象很好。“他做了非凡的工作，”朗兹说，“然后他离开了 10 天，回来时好像换了一个人似的——像杰基博士和海德先生一样。他的眼神看起来仿佛在别处。这是林业中最让我震惊的一件事。他和我们谈论他虔诚的信仰，认为我们所做的一切都是错误的。他说不想再为我们工作了。我还在试图想象他的世界，当我看到那双奇异超然的眼睛，它们盯着我，注视着我，我想，‘神圣的克拉波！如果这个家伙要离开，也好。’”

朗兹有所不知的是，离开的日子，格兰特看到了幻象。像僧侣和隐者从中东的沙漠漫游到边远的不列颠群岛边区村落，格兰特进入荒野探险，收到了令他无法忽略的启示。神学家本尼迪克塔·沃德写道，“沙漠的灵性与精华不是教出来的，而是感悟出来的。”格兰特没有寻找这样的经历，而是它从后面跟上来，给了他当头一棒。然后这个插曲像来时一样神秘地过去了。他继续做自由职业，受到赞扬，但是主管人发现他有些不对劲。“他独立完成的工作不可思议，他的规划也很出色。但是偶尔，你会发觉，他好像被什么东西困扰、迷惑住了。”格兰特·克拉克说，一年后，他在坎卢普郊外任格兰特的主管，那是金桥东边三小时车程的地方。“他待在那儿，并不回到镇上来。他总是与人很疏远，你可以说他做得很棒，但这些似乎对他没有意义。”对克拉克来说，似乎格兰特在另一个层次运转，“他似乎和真实的自然同步，他知道自己在哪里。动物会靠近他，他绝不惊吓它们。”

不管格兰特曾经多么能干，富于合作精神，麦克·布瑞德事件是不祥的预兆。间隔20年以后，杀死他哥哥的家庭鬼魂盯上了他。很难想象不受影响的格兰特会受到哥哥所遭遇的攻击，因为两个人截然不同。格兰特瘦削而结实，唐纳德比他大12岁，可以说非常英俊——嘴唇丰满红润，脸颊饱满，金发卷曲。唐纳德是个祭台助手(举行弥撒时协助神父的侍者)，而格兰特是个该下地狱的人。格兰特上幼儿园的第一天就提早放学，被人用马车送回家。毛线衫上别着纸条，写着:“不要把这个男孩送回来了”。“他就像12个孩子的结合体，”他的一个表哥回忆，“像鞭子一样敏捷。”但他永远不会像他父亲期待的那样成为白领专业人员。而唐纳德，似乎很成功。他更顺从，走着格兰特始终拒绝的路，在父亲的极力鼓动下，他努力效仿汤姆·哈德温强硬的行为，进入英属哥伦比亚大学电力工程专业。他做得非常优秀，但是满意的情况没有持久。他尽快离开了家，之后很少回来。

然后，在格兰特从事伐木工作前一年，唐纳德重新露面。但他已没有朋友没有工作，只带回了医院的诊断书:多疑性精神分裂症。尽管家人尽了最大努力，唐纳德还是拒绝任何治疗。无疑，原来事业有成的哥哥那可怕的毁灭某种程度上促使格兰特脱离专业的主流，进入森林。的确，后来发生的事件使森林似乎成为更安全、也更清醒的地方。1971年，格兰特回学校拿林业技工证书的同年，唐纳德和父母在西温哥华的家吃了最后的晚餐后，向市中心方向走去，经过狮门桥——类似旧金山的金门大桥，走到桥中央停了下来——实际上还能看得到父母房子的地方。在巍峨的山峦和波光粼粼的水的环抱中，他爬过栏杆跳了下去。当时唐纳德才 34 岁。

格兰特辞去埃文斯的工作时也是三十四五岁。他固执己见，行为古怪。不过，他同时也是勤奋耐劳的养家者，乐于助人的邻居，“使人受不了的好人”。他是那种不在家时也会记得孩子们生日的父亲；回到家里，会带孩子们去河边钓鱼，到雪上滑行，还帮助他们做数学作业。正如汤姆·伊利治所说，“他不懒惰，也不疯狂”。伊利治是金桥最老、最成功的居民，很少有人一直稳定、冷静而且成功地住在这里。他同情格兰特，蔑视公司的人对森林了解甚少却滥用权利，一进森林就会迷路，“那些笨蛋，一生从来没有离开停车计时器一步。”他说。

虽然汤姆·伊利治、艾尔·冯德罗和格兰特的其他同事能够忍住愤怒，继续工作，格兰特却失去了耐心。1989 年底，格兰特的工厂遭破坏后，他的偏执狂倾向日益加剧。他感觉邻居们都开始与他作对，在他的自由合同到期后，就举家搬到英属哥伦比亚中南部高地——干燥的农场坎卢普斯。只有 8 万人口的坎卢普斯算不上是城市，但和金桥相比，已经是热闹的大都市了。虽然有更好的学校和就业机会，格兰特依然过得很糟糕。他原来的助手苏珊娜·西麦德说，“让他去坎卢普斯等于把一只熊放到动物园里。”处于不适环境之中的格兰特挣扎着寻找有意义的工作，发出一封封信和简历，代表朋友和邻居宣传制度的弊端。他除了偶尔在当地退休之家做义工，没有稳定的工作，因此有大量时间，开始就各种问题写信给加拿大以至世界各地有名的政治人物。在一封给省高级法院法官的信中，他写道：

英属哥伦比亚的森林业，似乎是经济遥控恐怖主义的一个例子，在这个星球上，尤其是专业人士，普遍存在“否认有问题的严重症状”。

后来，在一份题为《有关学院派专业人员及其同类的几点思考》的广泛流传的两页备忘录中，格兰特列举了他对专业阶层的观察，包括以下内容：

3. 专业人士似乎“否认”或忽视“负面因素”，特别是有关他们自己和他们的项目工程。

4. 他们似乎创造并积极地加强正面和理解，直到它们被“认为”是事实(媒体总是这样)。

7. “正常”在今天表现在“专业价值”而不是“精神价值”上，或者对生命的敬重。

1991 年，格兰特和玛格丽特分开了，玛格丽特获得了孩子的监护权。1993 年初，更强烈的挫败感和在坎卢普斯无法承受的压力，促使格兰特出发前往北部边境，穿过育空和阿拉斯加州，进行流浪性的逃亡。6 月初，他来到一座偏僻的岛上避难。一个月后，格兰特在美国边境被截获，在他的拖车里载有 3000 支皮下注射用针头。他说服了海关，继续前往华盛顿哥伦比亚特区。一到那里，他就以更换针头和安全性行为的倡导者的身份出现，分发针头和避孕套给需要的人。他还捐款数千元给当地食物站和无家可归者的临时安置处。7月，他带着剩下的2000支针头去了迈阿密，然后又乘飞机到莫斯科，从那里继续向东。一路上，格兰特继续捐助针头给儿童医院。在西伯利亚的伊尔库茨克被警察逮捕。他的聪明和手段使问讯在友好气氛中结束。他不仅仅是执行善意的使命，而且还同时在寻找工作。他发现，西伯利亚的森林是北半球可以和英属哥伦比亚森林相比拟的少数森林之一。

当格兰特回到坎卢普斯时，熟识的人都惊恐地注视着他，因为格兰特旅行中炫耀的游击队戏服（运动短裤，一端有带圈可握的短马鞭，带马刺的靴子，用枕头和避孕套饰边的棒球帽），令人对他的精神状态产生疑问。很显然，压力引起的偏执狂开始和现实混淆起来。他感觉自己处于困境之中，人们一直试图将其抓获。那年10月，收到限制他对孩子探视权通知的当天，在横跨加拿大的高速公路上，他和半拖车司机连续发生口角。最后几乎演变成戏剧场面，巨大的彼德标拖拉机追赶格兰特的小本田汽车。卡车司机不肯放弃，一路追赶格兰特的“碰碰车”，一直到他前妻家。两人都跳出车，激烈地争吵起来。卡车司机比格兰特高4英尺重50磅，手攥成拳头，一场打斗似乎不可避免了。格兰特伺机迅速跑上车道，抓起宽4英寸厚2英寸的木棒，大声叫着：“从这里滚出去！”然后用棍击打司机的头。司机倒下了，格兰特却又立即上前将其扶起来。司机和格兰特前妻只得挥手让他离开。格兰特自己开车到警察局投案自首。这是格兰特第一次轻微触犯法律。

格兰特被送去医院进行为期一个月的身体鉴定，数名医生对他进行了会诊。虽然都发现了格兰特产生妄想狂反应的精神病的证据，但大家一致通过的惟一诊断是：有精神能力，适合审判。格兰特拿到低量安定药的处方。不久，格兰特的情况迅速好转。很难说是药物还是内在循环带来的改善，因为没人知道他多久吃一次药或者究竟吃了还是没吃。几个月后格兰特得到一份当地木材厂的工作，剥薄板（做夹板），他递交了一份 20 页的修木路建议报告。格兰特独立工作，当老板帕特·麦卡非询问，如果遇到意外是否有紧急联络人时，他回答，“如果我不能独自从丛林出来，我就不想出来了。”

“他对他的工作非常自豪，”麦卡非回忆说，“他是我所见过的最好的设计承包人。”

那年 9 月，在 55 岁生日前不久，格兰特获得了 30 英里越野赛“超级赛跑”亚军。审判日到来时，法庭批准他上诉，但他承认了攻击他人罪，被判一年缓刑。不过，他获得了两个大孩子的监护权。他带他们去万库弗岛的森林教堂。在那里，他们在巨大的雪松前拍照。格兰特的前主管格兰特·克拉克说到那次痛心的见面。“我 1995 年左右在城里见到他，”他说，“他的眼睛空洞而茫然，仿佛可以看穿你。他不知道我是谁。不可思议，那么天才的人堕落到这样的深渊里。”

到现在，格兰特驾着他那神经质的过山车（精神恍惚）已经 7 年了。尽管这样，格兰特成功地获得缓刑。但严格的约束还是给格兰特带来很大压力。像很多觉得自由和目标被否定的男人一样，格兰特开始寻找其他方式来表现他的能力和发挥影响：他追踪当地和国际新闻，参与讨论环境和本地颇具争议的问题。1995 年夏天，北部的古斯塔芬湖发生了一次印第安活动家和加拿大皇家武装警察的武装抗衡，格兰特甚至开车 100 英里，从坎卢普斯去到那里，主动充当调停人。当然，他的要求被拒绝了。古斯塔芬湖武装抵抗是英属哥伦比亚和加拿大其他地区当时出现的几次小规模冲突之一，两名武装警察被从背后开枪射死，全国新闻都有报道。僵局三星期后以放弃告终，这给格兰特很大刺激，他发了几十封传真和保证信给地方组织、政治家和媒体。在给美国有线新闻的信中，他写道：

> 你们的焦点似乎是波斯尼亚和 O. J. 辛普森。不过你们国内的问题和我们一样，但却不报道——很显然你们在极力回避关键问题，这使你们自己和专业机构蒙羞并失去诚信。

格兰特的写信战役继续升级，他以通信为救生艇，努力寻找有意义的工作。1996 年 1 月 12 日，应聘森林复兴项目协调员时，格兰特寄去他仍然令人敬畏的简历，和下面这封保证信：

> 我不赞成皆伐，我和林业部的哲学分歧很深。如果你们想对林产尝试"较温和的方式"，少获取一些"短期利益"，我或许可以帮得上忙。我不熟悉当下时髦的词语，如森林复兴。所有林产和大部分森林似乎都需要以这种或那种的方式"复兴"。

格兰特没有得到这个职位。他惟一的安慰似乎是一个叫库拉·格雷的女人。他同一座公寓楼有一个邻居叫玛蒂尔德·威尔，是吉茨克散部落的长者，来自夏洛特女王岛东部琴仙族领地边境。琴仙族是内陆部族，因此他们和欧洲的隔绝比沿海部落更为持久。甚至到 20 世纪 20 年代，政府官员仍然认为去琴仙族领地是不安全的。格兰特悉心照顾蒂莉(玛蒂尔德的昵称)·威尔，给予了及时的帮助，有时也给蒂莉买些杂货。1996 年 7 月，威尔的同父异母姐姐库拉·格雷去出席一个巫师仪式，中途住在格兰特的公寓。格雷 75 岁左右，一年里失去了丈夫和母亲。她孤单，善良而宽容。她使格兰特想起他可爱的姑姑，立即对她产生了好感。格雷有一部露营篷车，他们开着它旅行到塞尔门冰河。它像一个冰蓝色的巨大舌头，舔着波特兰海峡上游源头——英属哥伦比亚和阿拉斯加交界处一条 100 英里长的峡湾。虽然他们拥有完全不同的背景，但还是有很多共同之处：都是很早离开家人，被送到不喜欢的学校——格雷到了阿尔伯达一间印第安寄宿学校，格兰特则住在温哥华英国风格的寄宿学校，体罚在这两所学校都是很普遍的。早期的放逐留下的伤痛使他们能够互相理解，这在这对不相配的人中是很难得的。一起旅行时，格兰特经常找时间跑步和游泳，晚上，他做好两个人的饭，共进晚餐，玩纸牌和拉米纸牌戏，过得十分开心。不久格雷就成为格兰特最亲密的朋友和聆听忏悔的牧师。格兰特第一次夏洛特女王岛之行就是和格雷一起的。

自海獭贸易衰落后一直被遗忘的夏洛特女王岛，在第一次世界大战中又被重新发现。这次不是为了毛皮、鱼或金子，而是飞机。在华盛顿的奥林匹克半岛、万库弗岛的克赖欧库特海峡和育空谷这类地方，都以树木为生活来源，尤其是高大古老的西加云杉。战前，西加云杉卖价并不高，被西北另外两个树种超过：花旗松（也叫“摇钱树”），建筑者首选其做框架、地板和装饰材料；还有铅笔柏，防水性能极好，用于压边、铁路的侧线、旁轨和栅栏柱。西加云杉被砍伐的惟一原因是它挡住了雪松的路，砍倒后常常被扔在那里腐烂，如果方便的话，或许可以剥下皮用来造纸。

但是当早期的飞机设计者发现这种树时，情况就发生了改变。低廉而巨大的西加云杉一夜之间成了贵族。由于材质轻，加之罕见的力量和柔韧，非常适合用来制造机翼和机身，削成条和薄片，也是制作飞机螺旋推进器的上好材料。西加云杉另外的优点是中弹时不会碎裂，这是任何较硬木质很少具备的特点。因此，高级西加云杉变成了“飞机杉”，夏洛特女王岛正是海岸林木生长密度最大的地方。战争期间，人们如此渴望得到这种树，以至它们成了非凡的军事力量动员的目标。从1917年开始，3万多美国士兵紧急组成的云杉生产分队，和大英帝国军备部雇佣的几千名加拿大伐木工被派驻沿海森林砍伐、加工、备战。这些“云杉士兵”收获的木材大多用于制造法国、英国和意大利的战斗机。20年后，“二战”时期的英国几乎全部用西加云杉、花旗松、桦树、岑树和厄瓜多尔筏制造DH－38“蚊子”，“蚊子”是盟军军械库中速度最快而且最通用的飞机。机上装着各种侦察设备、加农炮或机关枪，它还可以携带4000磅的巨型炸弹。“蚊子”不仅是盟军损失率最小的战斗机，还是最容易修理、最廉价的战斗机。这种轻型战斗轰炸机的速度如此之快，以至美国人对其最快的飞机——P－38“闪电”发布了长期命令，命令它们永远不要与“蚊子”一起飞行。尽管由螺旋推进器提供动力，空载的“蚊子”最高速度依然达到每小时400英里，任何飞机都无法拦截。尽管标有显眼而友好的名字，霍华德·休斯的著名的“云杉鹅”——有史以来建造的最大的飞机，也只包含一小部分西加云杉。德国投降两年后，砍伐的云杉足够绕地球一圈半(大约20亿板英尺)。不过，自然保护委员会从1919年以来的第10期年报，对西海岸伐木的未来做了冷静的观察：

> 适合制造飞机的西加云杉的供应极其有限……继续按战争规模砍伐会用尽云杉，应该有一定的资金和努力来保护它们……只有成年树能提供所需的纹理清晰、细腻的木材，而它们几百年内是无法长成的。大多飞机材料来自500～800年树龄的树木，很难说以后的树是否会保持和原来相同的质量。

接下来的几十年，这样的问题被定期提出，可是如果50年后才采取有意义的行动。那时，很多岛屿和大部分海岸都将变成像月球表面一样荒凉了。

云杉士兵有组织地对沿海森林的袭击有助于引导现代伐木业，摧毁森林的技术开始超过利用它的人们的想象力。它也导致明显的浪费：为了附近更有利用价值的树种，不太受欢迎的树种，如芹叶钩吻和香脂冷杉，就被遗弃了。据计算，大量砍伐中，平均近30%可利用的树木留在那里腐烂或烧毁。尽管在森林里长大，很多西海岸伐木工看到他们的树倒下得那么快，也感到震惊，引起这种震惊的部分原因是工人认为森林里有魔力在作怪。业内的运作基于一个没有经过检验的设想，认为到老熟林砍光的时候，下一代树木就已经成熟，可以收获了。这种设想在手工伐木或蒸汽机时代还可能成立，但是现在绝对不行。现代伐木业效率惊人，大多砍过的森林等伐木工离开后都要重新播种。

当地灾害如火灾、风暴或皆伐之后，森林将通过自然过程“轮栽”进行自我修复。在海岸，从浆果灌木丛和矮树林的一系列物种，进展到成长迅速的桤木，然后是忍受黑暗的顶级森林物种，如云杉、雪松和芹叶钩吻，将一个接一个按照可预知但要几个世纪才能展开的方式修复。在夏洛特女王岛，似乎常识性的再种植砍伐区到 20 世纪 60 年代才制度化；内陆和金桥周围那样的山区森林，在 80 年代才开始重新种植。

“他们胡说，”退休的海达伐木工威斯利 · 皮尔森，说到他 20 世纪 50—70 年代工作的伐木公司，“他们说当我们砍完（夏洛特女王岛），还可以重新来过。我们拼命地干，比任何人想象的都快。砍错了好多树，政府根本不管大公司。”

如果钱够多，谎言也很容易接受，像皮尔森一样的伐木工和高架牵索人，事实就是如此。另一个海达伐木工比尔 · 史蒂文斯说：“当你伐木时，你会暂时忘记其他一切。”他的话也适用于整个伐木业。

要了解 30 年来夏洛特女王岛的伐木规模，你只要看看“海达君主”和“海达勇士”号。它们下海时，是世界上最大的浮木运输船，都是为海岛服务而建造的。较大的“海达君主”号一次可装载近 400 万板英尺的木材（约 400 卡车）；当它们中的一个在温哥华的繁荣地段卸货时，可造成 8 尺高的海浪。

加拿大最大的林业公司麦克米伦·布洛得尔，经营着“海达君主”和“海达勇士”号，两艘船定期穿过马萨特海峡，去加斯卡特拉岛和“原木地”，在那里，育空谷的树木被装船运输。19 世纪的海獭船对于沿海滨村庄排列的房子和独木舟来说似乎真实可信，这些现代船舶使它们面前的一切都变得矮小可怜。两艘船都有 400 英尺长，刚好进入狭长的马萨特海峡。从海滩或船的水平面看去，原木运输船不像船，更像一面漂浮的铜墙铁壁；用于装载森林货物的 50 吨吊装机高出水面 100 英尺。除了它们不算得体的名字，其颜色配置也散发出险恶的冥世意味：船身是粗糙无光的黑色，像隐形轰炸机，仿佛它们的设计就是为了逃避探测。可是所达到的效果却是相反：当它们从雾中出现，冷酷地驶过灰绿色的太平洋，它们带来了浓缩的黑暗。望着它们逼近，人们会感觉厄运即将降临。不过，甲板上载满一个城市郊区的所有雪松，这些远洋运输船像西北人一样是现代海达遗产的一部分。几十年来，有时多达一周两次，马萨特的居民目睹着祖传的财物被装船运走。尽管 80％的伐木工作给了近海岛屿的人，95％的木头被送到了南方，但他们也从中获得了利润。正如威斯利·皮尔森所说，“如果你出生在夏洛特女王岛，你不是渔民就是伐木工”。实际上，这里也没有什么其他的工作。所以，很多海达人自己处于奇怪而熟悉的双重束缚里：同谋抢劫自己的历史家园或者被历史淘汰。

“年轻时，我喜欢伐木，”皮尔森说，“因为没有文化，别的活儿赚钱远没有伐木多。我不能说反对的话，因为太多的人靠它生活。你怎么能控制它？大公司想要木头的话，他们总能弄到手。”

这个问题也一直困扰着格兰特，他走到哪里都在思索着。1996年9月，“海达勇士”封锁事件后不久，格兰特第一次来到海达瓜依。他这样做无意中卷入了希望、梦想和抱负的旋涡。金针云杉以及围绕它的一切都更具体地体现了，在“海达瓜依”的理想（一个巨树和正宗印第安人组成的真正的雨林天堂）和它的工业化的另一自我（“夏洛特女王岛”，储备有保证的近海木材库）之间的冲突。英属哥伦比亚被描述成香蕉共和国，人们的愿望是拥有更大的香蕉，省内没有任何地方的情况比这里更明显。群岛是国际公认的伐木工、环境保护论者和人权活动家的海报形象。金针云杉就被围困其中。

一个月前的8月1日，因抗议麦克米伦·布洛得尔持续砍伐沿海雨林，“绿色和平”组织活动家被用水管赶下甲板。当时“海达勇士”正停泊在加斯卡特拉岛的码头。当天下午，正当“海达勇士”满载原木驶出马萨特海峡时，被乘着战斗独木舟和摩托艇的大约50个海达人阻止并逼迫掉转船头。这已不是第一次了，在环保组织的支持下，海达人在七八十年代举行了几次非常成功的反伐木战役。他们不但把群岛建成沿海森林战争的主要阵地，还把它作为森林保护的最早和最大的胜利地的标志。瓜依哈纳斯国家公园保护区1987年创建，不仅使南部三分之一的群岛免遭砍伐，还造成100多名林业工人丧失了赖以生存的工作。最近的事件明显地把冲突推向海上：近150年来，海达第一次对外国船只采取行动。

达到目的后，“海达勇士”第二天被允许通过，但当运输船向南航行时，“绿色和平”组织继续其干扰行动。船只刚驶出温哥华，一些活动家就成功登船，将自己和原木以及起重机用锁链连上。群岛是个小地方，海达和“绿色和平”组织活动家的行动成了最大新闻。之后的6个月，“绿色和平”组织登船及其合法结果被英属哥伦比亚报纸连续报道。很可能格兰特也在跟踪这些报道，就像他曾关注古斯塔芬湖抵抗活动一样。

决定去群岛之前，格兰特是在坎罗普斯的家中，但是因为要途经库拉·格雷的家乡黑泽尔顿，他就带着玛蒂尔德·威尔和她的男友一起出发。到了黑泽尔顿后，格兰特看望了格雷，带他们一起去群岛，为他们支付旅费。他们的组合很奇怪：五个老印第安人和肌肉依然隆起的格兰特，还在寻找和他信条一致并能发挥他的精力和耐力的任务。格兰特和他的同伴在岛上过了一周。那期间，他去看了金针云杉。它的位置真是太幸运了：多年来它被伐木路的曲径迷宫围绕，所有的路都在加斯特拉终止，它是夏洛特女王岛现代伐木业的基地。金针云杉周围几英里是寒冷、隔绝的加斯特拉，由被冲刷的土地、重机器和几十辆白色福特250卡车（官方伐木用车辆）形成的平行宇宙。在那里，在巨大洞穴般的建筑里储存和修理设备，越野伐木卡车像时钟一样轰鸣着进出。某一天，一块大牌子上会声明：9天没有人受伤。金针云杉附近是码头和木材集散地，船只就在那里装货。在利罗艾特郊区，埃文斯木材场就有一个这样的院子，只要你见过一个，就不难理解，为什么像格兰特这样的人要千方百计地避开它。

金针云杉生长于加斯特拉和克莱门兹港正中间的早期殖民地，那里成了伐木工的集体宿舍；现在大约有530人居住。它坐落在格兰木岛中部，马萨特群岛东岸，村子的欢迎牌是连根拔起的雪松树桩，之后首先欢迎来访者的是由到处堆积的木材和生锈的伐木设备组成的皆伐场面。这个地区非常潮湿，任何能够投下阴影的东西都会长满藻类；如果不加整理，绿色黏质物也会长满苔藓和蕨类，最后种子会生根。变化比热带以外任何地方都快，废弃的卡车，活动房的屋顶会变成独立的生态系统。可以相信，金针云杉是受到村子伐木工和森林人的保护才存活下来。这么多年来，当地人一直钟爱着这棵奇异的树；哈利 · 汀格雷在 1930 年后还和父亲在它旁边野餐，那一直是岛民经常带大陆来访的朋友和家人聚会的地方。对海达人和英国人来说，这棵树就像一个老朋友，亲切而可靠，对所有人都一样永恒不变。

现在，每年 10 月，茨基吉特族成员在育空河聚会，在金针云杉下游抓鲑鱼。鲑鱼每年游向育空湖，在那里产卵，死去。很有理由假设，千百年来，季节的收获大体在同一地点，用同样的技术。想象几十代、几百代人都保持着这种采集食物的习惯，几乎会让人困惑。今天，整个茨基吉特族人少得可以塞进两辆车的车库，可这个部族曾经控制着大部分育空河分水岭，包括金针云杉的所在地。

19 世纪 80 年代，欧洲殖民者和矿工到来前，夏洛特女王岛都是海达人的领地。打鱼、狩猎、采浆果，去某个地方的水路权利由某一族掌管。这样，部落内战和领地争端是群岛上无法更改的事实。情况就像夏威夷群岛一样。因此，茨基吉特现在拥有的土地也许不全是他们的，所有权仍然是个问题。他们的土地所有权受到一个部族分支——马萨特港鹰族的争夺，但是这个所有权要让位于其他几个主权要求：海达族、加拿大政府（“王冠”）和麦克米伦 · 布洛得尔有限公司。

直到近期，麦克米伦·布洛得尔仍在欧洲、东南亚、南美和美国拥有主要财产。它的加拿大财产包括英属哥伦比亚的巨额租约——林场许可(TFL)39，包括大陆的森林地、万库弗岛和夏洛特女王岛。麦克米伦1976年去世，1999年该公司被世界最大的木材公司——惠好公司接管，一个世纪以来一直是木材业主力，控制着整个世界的森林地。林场许可(TFL)39的夏洛特女王岛部分被叫做第六区或海达林场许可，包括群岛南部的很多岛屿和育空谷的大部分，当然也有金针云杉。

到格兰特出现时，第六区大都在之前的80年中被夷平了，整个岛被刮得光秃秃的，有时是为向岛内竞争对手报仇泄恨。管理糟糕的皆伐带来滑坡，造成土地永久的伤痕。很难欣赏到这样大的伐木规模，除非是从空中俯视。“当你飞过北部群岛，发现一切都没有了，”海达艺术家黑泽尔·西蒙说，“之后很多天你都无法言语。”这些行为带来的结果是金针云杉成了育空河北端少数幸存下来的成熟西加云杉之一，也因此比以往更不寻常、更加珍贵。大多幸存的树，如大雪松和芹叶钩吻，都聚集在金针云杉的周围，在大面积皆伐后不同恢复阶段的森林地形成了一个老熟林小岛。

60年代后期，麦克米伦·布洛得尔开始保护少部分漂亮并对环境有影响的森林。特别留出的林带通常都很小，一般不超过5—10英亩，远远不能起到生态系统所必需的保护作用。它们的最初目的是娱乐和象征性的，是对曾经存在的大片森林的简单致意。这些袖珍公园的弊端在于由于没有其他高大树木的保护，树木特别容易被风吹倒。甚至现在，这些小型保护区也让伐木业的某些人垂涎；2003年，在对万库弗岛留出的老熟林的巡查中，一位地方林务官透露说，

“如果这是我的，我会把它们全部砍掉，种植冷杉。”公园占地 8 英亩。100 码外，每 20 分钟就有一辆满载木材的卡车经过。

70 年代中期，金针云杉用于娱乐的可能性显露出来，在当地伐木业和森林社区的催促下，麦克米伦·布洛得尔计划在金针云杉周围留出 12 英亩老熟林。可是，当新的环保规定宣布，河岸和临水区域禁止伐木，树的保护便成为争论的焦点。海达人没有被正式咨询，因为白人社区很显然没有意识到这棵树对他们有什么特别意义。海达部落内部也是一样，很少有人了解相关的历史，而且当时他们还有更紧迫的问题。1960 年前，印第安人在加拿大没有投票权，海达的苏醒还处于萌芽状态。就像对很多其他北美部落一样，戏剧性的重新发现期刚刚开始。

同时，麦克米伦·布洛得尔开发了一条小路，通向金针云杉，并在河西岸建了长台，方便游客观看。人们无法接近这棵树，除非划船或走一英里到最近的桥，然后从另一方向走下去，因为有空中和地面的重重障碍，要绕行几个小时。1984 年，旅游车会在这里停留，给当地经济带来收益，包括金针云杉旅馆。1997 年，当地不断增长的生态旅游贸易得到更大发展，因为出现了白化种大乌鸦。通常会被黑色的同类杀死或排斥驱逐，白乌鸦是省内独有的。由白乌鸦和金针云杉开始，克莱门斯港垄断了西加拿大的自然奇观市场。

两种生物都具有震撼和超自然的气质，在晴天，灿烂的金针云杉令人惊叹和迷惑。林业专家戴维斯·凯斯在成为联合国林业问题顾问前，曾在夏洛特女王岛居住多年。他回忆说，“植物学家和树木学家一直试图解释树呈金黄色的原因”，当问到他们的结论时，他笑了，眼睛眨了几下说："魔力！"

阳光明媚时有幸目睹金针云杉芳容的人，对戴维斯·凯斯的解释相当信服。许多人说到它奇异的光辉，仿佛树本身真的在从树枝内部深处放射出光芒。万库弗本土艺术家路丝·琼斯，在1994年一个晴朗的傍晚拜访了金针云杉，"它看起来像是用发光的金子制成的，"她说，"童话故事般神奇，这怎么可能？"一个叫本·帕菲特的记者在1995年看到金针云杉后，感觉"它比周围其他树木都更接近你，也更充满生命"。鲁珀特王子港赫卡特海峡体育用品商店的老板玛里琳，在90年代初雾气笼罩的一天参观了金针云杉，"我们到那儿几分钟，太阳就驱散了雾气，我们一下子看到它，金光四射。我们叫它'哦啊树'，因为它让我们整天除了这样惊叹，无话可说。"一个麦克米伦·布洛得尔的老工程师在同样的情况下看到金针云杉，他把金针云杉的发光比作宗教的启示。

但是，和其他更为现实的同事一样，格兰特有不同的感受：一棵"病树"。他会被包含城市吉祥物的残留小树林和周围伐木场地之间的对比所震撼，而且比很多人更严重。对于一个像格兰特那样了解森林的人来说，它就像患白化病的美洲野牛放在高尔夫球场一样荒唐可笑和令人无法忍受。它健康的同类在哪里？被"海达勇士"号运往南方了。

第八章　砍　树

蠢人和智者看到的不会是同一棵树。

——威廉·布莱克,《地狱的箴言》

和库拉·格雷从夏洛特女王岛回来不久,格兰特就永远地离开了坎卢普斯。他独自出发去北方,最后来到白马的育空客栈。白马是领地的首府,在英属哥伦比亚边界北部。在那里,育空河从切尔库特海峡的源头奔流直下,开始了它 2000 英里的弓形旅程,穿过阿拉斯加中心地带,南下汇入白令海。这里的冬天极其漫长,格兰特到达时冬天已经开始。他以对寒冷的水有极高忍耐力而自豪,多年来他一直在英属哥伦比亚、阿拉斯加、育空和俄罗斯冰冷的河里游泳。在白马,他在育空河浸浴。这时,两岸都被白雪覆盖,水面已经开始结冰。除了游泳和锻炼,格兰特在白马的目的还不明确,但是他常和库拉通话。他想念她的陪伴,11 月中旬他终于说服库拉来和他一起,并且为她付了机票钱。

12 月的一天，气温是零下 30 度，格雷看着格兰特游进育空河。到这时，河中惟一没有结冰的地方是靠近大坝的急流区。格兰特走到冰上，用软梯把自己降到水下。他在那儿浸泡了 15 分钟。目击者感到吃惊，叫来了加拿大骑警，育空新闻记者也到了现场。“水在冒烟，”格雷回忆道，“他出来时，眉毛和头发都挂着冰柱。他跑回车上，我在那等他。他说，‘有你看着我，我知道我会没事。’我问他，‘为什么这样折磨自己?’他说，‘我在训练自己，明天我就不在这儿了。’我想他是在计划着什么。”

但是她不知道是什么。6 个月来，格兰特向她述说了他最隐私和痛苦的生活细节，但他的未来计划还是个谜。格雷开始感到紧张，她本想在白马只待 2 个星期，可是在格兰特的压力下，她待了 6 个星期。好几次，当地印第安人把格雷叫到一边，告诉她，他们对格兰特感觉不好，要她远离格兰特，“当我提出回家，”格雷解释说，“他哭得像个孩子，说，‘你是惟一关心我的人’。”但是，格兰特也不让格雷接她姐姐的电话。“最后，我说服他一定要回家，他主动开车送我。他说，‘别告诉姐姐你要回家了，给他们一个惊喜。’”

直到这时，格雷才开始担心自己的性命。这也是玛蒂尔德·威尔梦见青蛙的时候。像海达人一样，吉仙部族也分成几个宗族，格雷是蛙族，她的同父异母姐姐玛蒂尔德·威尔也是。格雷要离开白马前几天，威尔梦见一只青蛙被车压死。她非常恐惧，给格雷打电话告诉了有关青蛙的恶梦。格雷也很害怕，但是离家这么远，她也无计可施。

2 月 30 日他们早上四点钟起程。到黑泽尔顿格雷的家是 15 个小时的车程，还要穿过边远的地区，因为海拔和季节，那里只能见到6个小时的太阳。驼鹿、狼、美洲狮和美洲野猫随处可见，它们从黑暗的路边望过来，空洞的眼睛闪着绿光和橙光。那天下午五点半，距离黑泽尔顿北还有2个小时，他们到达那斯河桥。像北方大多数桥梁一样，该处也是单行的，格兰特快速驶向它。尽管有明亮月光和清晰的视线，但格兰特没注意到一辆敞篷小型货车从对面开过来。格雷记得，她当时很镇定地说："格兰特，你不知道这是单向桥吗?"入口坡道上有冰，在最后一分钟，格兰特猛踩刹车。他的本田汽车滑向旁边，撞到低栏杆上。坐在乘客座位上的格雷以为这是她生命的最后时刻了，她后来叙述说："然后我说，'我们就要掉到那斯河里了，'我没有惊慌，我只是想，'如果我注定要去，那就让我去吧，'我好像在盼望着那个结局的到来。"

最后，他们没有掉进那斯河，而是迎面撞上了卡车。格雷的脚踝骨粉碎了，脸颊擦破了，手部整个淤血，格兰特只是嘴唇碰裂了。比格雷的伤势更令人担忧的是，当时气温是零下40度，他们没有了取暖来源。在这种温度里，铸铁可能会像玻璃一样粉碎，暴露的肉片刻就会结冻，触摸到金属皮肤会像火一样灼伤。可是最近的救护车要2个小时才能赶到。格兰特跳下车去搀扶格雷，但是急忙中忘了戴上手套。当他伸手打开她身边的车门时，手指立刻被灼伤了。同时，后面的衣箱被抛到乘客座位。格雷简直是被压碎了，她被安全带卡住，呼吸困难——但是格兰特的手有严重的血泡，没有办法解开她身上的安全带。他向卡车司机大声呼救，然后用胳膊抱住格雷。"不要死!"他乞求道，"别留下我!"

因为旅途漫长而寒冷，格兰特把她裹在厚衣服和睡袋里，据她的医生说，如果没有这么多层垫子和填充物，她很可能会死去——不是当场，就是由于后来的暴露。格雷的脚踝骨要用螺丝钉和夹板修复，她现在要拄着拐杖走路。格兰特每天到医院探视，直到两个星期后也就是 1997 年 1 月 12 日，他又去了海达。“我一直在想，格兰特是不是要杀死我们两个，”她说，“那样，他就不会孤单了。”

到了海达，他给人的感觉是一个不想再回去的人。住在人烟稀少的格兰木岛北端汽车旅馆里，他赠送掉了所有财物，包括一些曾属于他父亲的东西。“要什么就拿什么吧，因为我会将剩下的烧掉。”他告诉汽车旅馆经理 20 岁的女儿詹尼弗·威尔逊。格兰特继续谈论大学培养出的专业人士，说他们是“阴险的操纵者，乱伦的杂种”。威尔逊说，他宣扬恐怖主义是最有效的变革方式，他还大量谈论树木。“我从他那里学到了很多森林的知识，”她说，“他似乎很有热情——就像他要做什么好事。我感觉他已经找到了目标。”有一次她和格兰特一起去看金针云杉。对过路人，他们可能构成一幅赏心悦目的浪漫画面：英俊而充满活力的男人和他迷人的金发伴侣——两个人这样在大陆西部荒野的边缘都感到安静怡然。格兰特拿出相机，请威尔逊给他和金针云杉拍照。他手里拿着有珍珠装饰的鹰羽毛，那是当地的一位长者给他的礼物。

买了油罐、伐木楔和最先进的斯蒂尔链锯，格兰特又搬回克莱门斯港，住进金针云杉汽车旅馆。威尔逊最后一次遇见格兰特时，发现格兰特戴着耳塞。格兰特解释说他必须戴，因为他听到的每一个字都是最直接的侮辱。格兰特本来在服药，但是很显然，到这时他不是吃光了，就是早就停止了。

格兰特更换了被完全摧毁的本田车，于1997年1月20日夜里，开车前往麦克米伦·布洛得尔修建的通向金针云杉的小路。他把锯、楔子、汽油和润滑油，或许还有他的衣服，密封在充气垃圾袋里，扔下小路，然后走下育空陡峭的河岸。虽然偶尔结冰，60英尺宽的河面却没有被冰封住，反而由于冬天的雨水而膨胀，流得更急了。温度在华氏三十四五度，他滑下水，游过去，很可能是一只手划水，一只手拖着他的装备。河对岸同样陡峭湿滑，他一定是费了不少气力才带着装备爬上去进入森林的，尤其是在伸手不见五指的夜里。数英里没有一个人影，像往常一样，云低低地悬在岛上。把一切笼罩在雨雾的湿气里。不管有什么可以照明的，他一定都带上了。金针云杉就在河岸边，它已经在那里矗立了300年；黑暗中它一定是若隐若现，它的金色也隐藏在潮湿的晦暗里。

格兰特一生砍倒过几百棵树，但是还没有应付过这么大的；金针云杉根部直径有7英尺，在金桥或内陆其他地方都是罕见的。不过，在岛上，它只是中等大小；有的西加云杉树种直径达15英尺，报告说育空谷还有更大的。像红杉和铅笔柏一样，大的西加云杉经常会长出"板状根"——在山坡和浅而多岩的土里，树干长出粗的梁来使树木牢固。20世纪60年代初期，在金针云杉上游十英里处，森林人沃利·皮尔森测量过一个云杉树桩，直径为24英尺——足以和巨型美洲杉比拟。在更南边的沙嘴有26英尺的树桩。惟一可能弄倒这样大树的办法是"拆除"它们：先砍掉板状根，然后砍出一些"窗子"，再向内凿出隧道。

1987 年，万库弗岛伐木工兰迪曾砍倒一棵铅笔柏，直径 22 英尺多。他用带有 40 英寸扣栓的富世华（瑞典皇家工业品牌）160 链锯，花了六个半小时。在周围砍出楔，又砍出窗子，再凿进中心。这种锯在他凿出的空间里发出震耳的噪音，排出大量的碎木，使他没能觉察树在倾倒，直到天亮，大树消失放入的天光把周围的烟照亮。这么大的树撞击地面时，听起来不像树，而是一座大楼在你脚下倒塌。对第一次经历者来说，"敬畏上帝"这个表达有了新的意义。在后来查看树桩时，兰迪回忆说，"树的年轮很致密，连一张纸都插不进去。这家伙一定有——他妈的——几千岁了。"

大多伐木工对砍倒巨大树种的反应就像猎人带着猎物回来：它曾经美丽而可怕——巨大的满足。不过现在这种情况很少出现了，兰迪的雪松很可能是英属哥伦比亚沿海被合法砍伐的最后一批巨树。"但是甚至砍伐小树仍然让人发抖，"他补充说，"我永远不会厌倦。我受过伤；有的人就在我旁边死掉。但是我想这就是它们对我们的报复和惩罚吧。"

在英属哥伦比亚，为安全起见，一般伐木工每天工作六个半小时，现在，为麦克米伦·布洛得尔工作的人每天赚 800 元（加币）。但是惠好公司接管后，公司伐木工改成了合同工，结果每天工资降低了 30%。即便这样，它仍然吸引了一小部分人。"伐木工很孤单，"比尔·维伯解释说，他是惠好公司接管后剩下的少数主管之一。"你是自己命运的主人，不受机器的支配。如果被击败，只能怨自己。"

无疑，伐木工像高架牵索人或直升飞机飞行员一样，和一般人不同；你可以从他们移动头的方式看出不同之处。谨慎的伐木工会紧盯着他头上的树——条件反射性地移动头部——就像捕食的鸟一样：因为在森林里，死亡往往来自上面。树顶就是信息来源。一切发生在下面的事情在末端都被夸大，好像钓鱼竿的一端会放大手部抛掷的最细小的动作。同样，一棵树要倒下的标志可以从枝梢的震颤看出。最早的震动也会晃晃掉枯死的树枝，有的树枝可能会有小树大小；这些从天而降的致命的闪电叫做“寡妇树”。如果一个伐木工碰巧宿醉，向上直视着炮筒一般的长树干，看着树枝在锥形透视里爆炸成十层楼高的万花筒似的喷泉，不仅会头晕目眩，而且还会恶心。即使他很清醒，也会迷惑并失去方向感，而快要倒的树干很明显的伸缩折曲使得这种情况更加严重。不幸的是，出错时最容易看到这种效果。

砍伐任何大小的树的一般程序是：一旦方向选定，在树的侧面砍一个深而上翘的楔型；在岛上叫做“洪堡”底切。偶尔砍得太浅或误判树的自然倾斜方向，树会反方向倒在锯上，而不是朝计划的方向。这样特别危险，因为它会使锯失去作用，让伐木工无法控制。这时，树就可以任意作为了。树不仅有向任何方向倾倒的可能性，还会在底部脱离树桩，巨树的斜击可以杀死一头大象。一旦树向后倒，只有伐木楔子才能控制住它。

除了铁刺靴子，很多伐木工都穿凯夫拉尔（一种质地牢固重量轻的合成纤维）裤子（以减轻链锯事故伤害），用有伐木工标志性的红色吊裤带固定。腰间是厚皮带，有装链锯工具的皮套和小袋，压力绷带、巡航斧和耐冲击性塑料伐木楔。从难处理的树的背面插入砍口，有些楔子不到一英寸厚，不过大多情况下就足以改变树的平衡。惟一能让树保持直立的是细条的支撑木、向下的重力和树本身敏锐的平衡结构。但是一阵风或突然折断的纤维可以瞬间改变一切，楔子伸入树的中心，树变得惊人的灵活和富有弹性。伐木工迅速向上仰望，冲击波随着每一次打击袭来，沿树干向上传动，通过最高处枝梢有节奏的震颤释放出去。对于一些人来说，这或许像免费的兴奋剂——就仿佛踢巨人的胫骨——他们也许是对的。当这种比房子前门宽、比整个房子重、有20层楼那么高的东西开始跳蛇舞的时候，就需要有某种人来敲敲它了。

丹尼斯·本迪克森早就发现自己不是那种人。他是到哈德维克岛的第三代伐木工。长有一头银发，身体健康结实，前臂仍然有力，他现在是英属哥伦比亚大学林业系的高级导师和项目经理。像多数伐木工一样，本迪克森年轻时就进入森林，还不到20岁就开始砍伐高大的老熟林木。他问自己，“要活到21岁吗?”这时他知道，自己没有天分继续这种工作，“砍伐大树时，他们通常需要凿楔子让大树顺服，”本迪克森解释说，“我不断地楔进，他们突然伸出支撑木，像芭蕾舞者，在桩上旋转。你在下面像松鼠一样，不知道它会朝哪边倒，在它倒下前你不敢承诺什么。”

提到有关“受到超出智力以外的教育”的学术笑话，本迪克森说，“有些工作很危险。我总是想会发生什么，我想得太多了；我应该找出它的物理过程，而不是依赖好的伐木工似乎必须具备的第六感。”

这种无法衡量的非智力感觉——“丛林意识”——很可能就是使兰迪、比尔维伯和格兰特·哈德温幸存下来的原因。好的伐木工不但要比大多数人了解树在特定情况下的行为，有好的直觉，他还要像天才的运动员一样，在关键时刻有更多接受和处理信息的“时间”，然后决定正确的行动——不是凭思考，不是依赖超感官直觉（虽然单纯的运气也是一个因素）。正如在万库弗岛工作了35年的伐木工多尼·扎普所说，“它不是一个你夸夸其谈就能做得了的工作。”

但是链锯使伐木容易了很多。与森林砍伐相关的所有技术中，进步最显著的要数链锯。至少从1905年以来，双人模型在加利福尼亚的尤利卡测试成功，链锯一直不断得到改进。“一战”期间的伐木狂潮过后，各种伐木设备被测试开发出来，包括用烧红的铁丝来烧穿树木，但大多被证明不切实际，特别是在地势崎岖的沿海森林里。我们所了解的链锯基本上是装有锋利锯齿的电动双链——到“二战”之后才在森林中普遍使用。从那以后，链锯演变为圆滑、轻便而高效的切割器具。现在，甚至像斯蒂尔066型的大型链锯也不到17磅重；36英寸的刃每小时转动60次，拥有AK47或吉普逊“小保尔”的灼热而令人眩目的强力。像机关枪或电吉他，链锯是突然出现而扭转局面的手持工具：它无法忽略的阳性高电荷的扩充力令人激动。一些英属哥伦比亚伐木工不满意普通的用法，他们加大发动机马力，以致扩大的锯末排放口需要安装火花制动装置才能防止引起森林火灾。

理想状况下，链锯像切黄油的刀一样发出噪音；你可以仅仅依靠锯的重量和勾扳机手指的压力，就能振动着锯开一棵大树。当然链锯也会像切树一样快速地切掉人的四肢。反向力的合成，使链锯像日本直升机，巨大的力量使人对较小的树产生危险的放松态度。海尔·比克以可想象的最糟糕的方式发现了这一点，那是他1998年在万库弗岛西海岸伐木点工作时的事。和次生种植不同的是，单一林树龄基本相同，大多数老熟林中的树木处于不同的生命阶段，巨树中间有各种大小不一的努力向上攀登的树木，其中还包括几百棵树苗。从一棵大树到另一棵，伐木工会用他手中的链锯像弯刀一样慢慢在前面来回摆动，为自己开路——发动机在后面，刃斜向地面。不过，由于小树是被斜角而不是平角砍倒，砍伐之后留下的是一行“猪耳朵”——尖尖的障碍物。比克来到被风吹倒的 6 英尺粗的雪松旁边，站在倒下的树干上，探出身子去砍伐附近的另一棵树苗，留下了 5 英尺高的尖竿。当时天空正下着雨，比克向高处移动时踩到树干上的苔藓而向后滑倒了，恰巧被这 5 英尺长的活的长矛刺穿；从直肠进入，一直到脊柱。这时他的脚趾刚好接触到地面。

被链锯和砍断的树切掉四肢的伐木工把这种感觉描述为“撞击”；真正的疼痛往往后来才会感觉到。但是比克的伤不同，他瞬间就感到难以形容的剧痛。每一个动作，甚至试图呼救，都会带来疼痛，会令人昏厥的疼痛。更糟糕的是，他的腿已经完全伸展：无法解脱，每一个动作都有使木桩刺得更深的危险。为了安全起见，现在伐木工一般两人一组工作，如果听不到对方的链锯在响动就大声喊叫，相互照应。但是比克的伙伴是老派的，很是健忘，他根本没有听见比克发出的呼叫或紧急口哨。比克意识到如果自己不采取自救措施，很快就要失血而死。不知怎的，他重新启动了锯子，操纵背在身后的 3 英尺扣栓，锯断木桩，使自己得以解脱——幸好没有切到自己的脚，或倒在树苗和锯上。然后，带着还留在体内的木桩，爬行了 100 码，来到河岸，穿过密林到达伐木路上。当直升机到达时，他的朋友们都叫他“粗制棒冰”。比克用三个月带着人工结肠造口袋子，又用了三个月来康复，最后才回到伐木场。这并不是惟一的事故。比克的主管马特·穆尼，在夏洛特女王岛目睹过类似的状况，他的伙伴倒在一根断树枝上，树枝经过同样的通道，从腹部刺出。

尽管格兰特一贯有挑战极限的倾向，他在森林里只受过一次伤——他的千斤顶的制转杆滑下来，导致手柄弹起，击碎了他的下巴。惊人频繁的森林事故使他选择在不同的时间独立工作。现在大多负责的公司不允许这样做了，也不赞成在黑暗中砍伐大树。

冬夜里的森林很安静，在平和的环境里，格兰特的锯声显得格外高亢，咆哮了几个小时，除了他，没有人听到。麦克米伦·布洛得尔的主管在后来对树进行的只能叫做“链锯辩论练习”的检查时说，格兰特知道自己在做什么。他使用洪堡底切，然后砍了一排“曲奇饼”——小窗子——让他 25 英寸的扣栓深入到树身之中。很显然，格兰特仔细研究了目标，因为砍口和使用伐木楔的方式确保树不会向自然倾斜的方向倾倒，而是顺着当时的风向倒向河里。西加云杉很坚实，两条 30 英尺长的原木只需用 4 英寸的心材连接起来，就可以直接拖出森林而不会断裂。格兰特正是利用了这一特点，留下的连接部分刚好使金针云杉保持直立，直到下一次风暴来临。

但是格兰特砍树的时候，他也像每个伐木工一样，在刻着自己回到过去的路。自从哈利·汀格雷和父亲在那里野餐，自从上一次天花瘟疫横扫周围的村庄，自从肯基克船长被葡萄弹射死，自从皮拉兹船长和考亚酋长出世，树的年轮就隐藏起来了——这一切都像过眼云烟，在锯末忽隐忽现的彗尾中逃逸。格兰特没有停止砍伐，但思绪一直追溯到1710年，当时自己的祖先还像部落一样生活在不列颠群岛，那时，第一批西北人的桅杆还没有刺穿南方的地平线。然后，格兰特停下锯，整理装备，漂回育空河，留下一片寂静和一棵不稳固的树——每一阵风都会让它振颤。

第二天，他把锯送给一个老马萨特的熟人，乘飞机回到鲁珀特王子港。在那里，他住在莫比迪克客栈，离海边三个街区的高层汽车旅馆。就是从那里，他发出最后一批爆炸性的传真，“绿色和平”组织、鲁珀特王子港《每日新闻报》、温哥华《太阳报》以及海达的一些成员部落，甚至库拉·格雷，都收到了这些传真。但是信息明显是给另一个收件人的：麦克米伦·布洛得尔。部分内容如下：

砍伐你们的“宠物树”

亲爱的先生/女士：

……我不喜欢屠杀这棵宏伟华丽而古老的植物，但是你们显然需要一种信息和唤醒，甚至学院派专业人员，也会明白。

……我的行为，并不是不尊重海达人和海达人的自然环境，我的确想用这个行动，向学院派专业人员和他们极端主义的支持者，传达我的愤怒和憎恨，他们的思想、伦理、否认、部分事实、态度等等，似乎应对大多数可憎的事物负责，对这个星球上外行的生活负责。

过了一天，金针云杉倒下了。

当地反应十分剧烈，尤其在海达社区。“就像是有人在小镇开车枪击”，岛上的老住户约翰·布罗德海德说，“人们大声哭泣，万分震惊，并为没有保护好这棵树而感到非常内疚。”他停了一下，试图用语言表达让一个非海达人能够了解的情感。“好像有人在‘小王子’开车杀人，”根据海达传说，金针云杉代表一个变形的好男孩，但是有对抗心理，因此，一些海达人不把这桩罪行视为故意破坏，或者是抗议，而是看做一种谋杀。“在某种程度上，它像纽约 911 一样令人伤痛，”海达老人黛安·布朗说，“我们部落的一部分被抹去了。”

一收到消息，海达参议会就发布了新闻：

……海达人对毁坏金针云杉感到悲伤、愤怒，这是对我们文化历史的故意侵害。因为我们的口述传统比文字历史还长。

我们向世界宣布，海达对金针云杉的遗迹有完全的拥有权，它不属于任何个人。海达将在现场举行秘密仪式，来接受这种损失。

我们期待公理昭示天下，做这种破坏行为的人将受到惩罚。我们会认真观察细节，如果没有得到公正处理，我们将采取适当行动。

……我们长期以来一直把它视为育空谷的守卫，现在它被毁掉了，海达人将尽力加强对我们领土的保护措施。

离开岛后好几天，格兰特都待在鲁珀特王子港的莫比迪克客栈，他和一般客人不同，但这不是人们怀疑的原因。“他与渔民和司机完全不同，"帕特·坎贝尔回忆说，"他更像有文化的人，穿运动装，整洁利落。"

鲁珀特王子港基本是最边缘地带了，标志着跨洲的"黄头"高速公路的大陆终点，到了这里，除了出海，或者掉头返回，就无处可去了。距离最近的镇在内陆80英里处。缘于加拿大北太平洋渔业，鲁珀特王子港享有盛誉，兴奋剂与可卡因组织会放出潮汐般的现金，通过酒吧、餐馆和汽车旅馆洗钱。这里雨水频繁，当地人干脆不穿雨衣，像大多数北方渔民一样，有一段艰难的时期。从这里，人们可以乘渡船去凯芝坎和海达瓜依，就是在这里，加拿大骑警赶上了格兰特。

但是他们不是惟一要找他的人；果昭，海达参议会未来的主席，也想和他谈谈。果昭是歌手、雕刻家、活动家和政治家，海达瓜依最有影响力和超凡魅力的人物——现代的斗士。他师从传奇的雕刻家、造船者和讲故事人查尔斯·艾登肖，有一种巴厘艺术家牧师的贵族气息，散发出与生俱来的"出生在采邑者"的那种自信。他设法在受最后发稿期束缚的记者之前找到格兰特，两人通了电话。"他似乎并不疯狂，"果昭回忆说，"他听起来很正常，既不兴奋也不害怕，也没有后悔——好像他所做的不过是朝玻璃扔了一块石头。我问他为什么这么做，并告诉他金针云杉的故事，他说，'我原来不知道。'他让我觉得，如果他先前知道就不会砍倒它了。"

思想上，两个人相距不是很远；果昭20年来一直在反对伐木公司，所以他同情格兰特所遭受的挫折。"他本可以清除几台伐木机，那样一定会受到尊敬的，"他说。不过，最后果昭把格兰特比作杀害约翰·列侬的杀手:“一个别无长处的人。”

加拿大骑警也找到了他。拘留并起诉了他,命令他出席 4 月 22 日(地球日)在马萨特的法庭,收取 500 元保释金后释放了他。警察已经熟悉并怀疑他,他没有被提供保护,他自己也没有要求。有些人认为他极其危险,不过目前没有正当理由监禁他。格兰特不久就搬到库拉·格雷在黑泽尔的家,位于斯琴那河以北 170 英里处。不过他的出现使吉仙部落的成员担心自己被当作同案犯,都尽量疏远这个奇怪而慷慨的白人。

在被逮捕和释放不久,格兰特信的全文发表在当地报纸,接下来几个星期,他和被激怒的当地人通过赫卡特海峡两岸的报纸进行了对话。在一篇题为《格兰特说,为金针云杉悲伤吗?反思一下你的观点》的文章中,他告诉一位夏洛特女王岛《观察家》的记者,“我们总是关注个别的树,如金针云杉,但森林里其他的树正在被屠杀。”然后他将这种保护和万库弗岛大教堂似的森林比成了马戏团的穿插表演。“每个人都集中在那上面,而忘记了它背后的危险,当有人攻击这种怪诞行为,你会认为是大屠杀,但真正的屠杀在别处。现在,人们的愤怒都集中在我身上,而他们应该关注的是他们周围正在进行的毁灭。”

虽然格兰特承认他对海达的无礼,他没有正式道歉。“我个人没有任何冒犯当地人的企图,”他说,“他们应该看到这是一个平时非常尊重生命的人做的不敬的事,他们应该寻求其中的原因。”

不过这太苛求了。格兰特砍倒了也许是大陆上惟一能够统一各部落、伐木工和环保主义者的树,更不要说科学家、森林人和普通市民了，人们完全陷入了悲哀和愤怒。同时，全加拿大的报纸和电台记者云集岛上进行追踪报道，有关该事件的报道也出现在《纽约时报》、《国家地理》杂志和《发现》频道。麦克米伦·布洛得尔发言人斯科特·亚历山大对大量媒体的涌入感到惊奇："这好像揭开了某个伤疤，"他告诉记者，"我不清楚原因，但是每天都有更多的内幕被揭开。"漫画家、诗人、歌曲作者和视觉艺术家都感到恐怖，并被树的死亡所迷惑，他们以各种方式纪念金针云杉，从打油诗到高雅的奥布松风格的织锦和挂毯，那是需要顶级织工及其学徒两人劳作一年才能完成的。在个别情况下，这些赞颂转向了未知的领域："还会有另一棵金针云杉吗？"《维多利亚殖民者时报》的专栏作家悲叹到，"还会有另一个甘地和马丁·路德·金吗？"

"当社会这么重视一棵突变异种树，而忽视森林其他部分的命运，应该被贴上标签的不是指出这一点的人，"当被质问到他心智是否健全时，格兰特告诉鲁珀特王子港的一位记者。至少短期内，大众对失去金针云杉的反应证明了他的观点：人们只见树木不见森林。

没有人公开支持格兰特，但是有些人同情他。"我认为他是被误导的，"一位当地伐木工说，"但是这和他的理论基础有关——他憎恨麦克米伦·布洛得尔。有时我真想扔个炸弹到他们的公司里。"在解释他如何能在这种情况下继续伐木工作时，他说，"你不让自己思考，如果你开始当真，你会疯掉的。"

一个来自斯基盖特的海达青年认为，格兰特做得太好了，"它是麦克米伦·布洛得尔的宠物树，"他说，"但是它和上千棵被砍伐的树一样没什么特殊之处。"过去，他所能得到的工作就是伐木。"你抱着这样的态度,”他解释说,“即使你不做,别人也会做。”担心海獭数量减少的这个人的任何祖先都会接受同样的逻辑,并被同样的市场力量驱使。

格兰特被判严重伤害罪——超过5000元的破坏,以及在皇家土地上非法砍伐。通常这样的罪要付罚金或短期坐牢,但这回不是普通案件,省当局和林业部都极力要求起诉格兰特。“他会在法庭上被锤击。”来自马萨特加拿大皇家骑警队的警官布莱克·沃尔金肖说。“我认为英属哥伦比亚的法庭动作很迟缓,不过现在这是个特例。”想了一下,他又补充说,“他那样的人很难从监狱里活着出来。”

这的确是个奇案,法律知道如何处理偷伐受保护的老熟林者,也知道毁坏宝贵的文化和历史遗迹的纵火犯应受重罚。但是,当周围大部分森林因为人类想获取利益已经被砍伐殆尽,如何惩罚一位以砍伐惟一神圣之树的方式作出抗议的人呢?理论上,他要面对几年的坐牢和高额罚金,但是,让地方法官和陪审团来评估计此事对海达人、对居民、克莱门斯港或对科学的切实损失,在加拿大没有先例。

不过,在得克萨斯就有先例。它关系到州首府著名的“橡树条约”,涉及一批叫做“参议会橡树”中的一棵。当地印第安人科曼奇族曾在这片神圣树林里举行仪式,据说就是在惟一幸存的树下,州创始人斯蒂芬·F.奥斯汀签署了第一个印第安与殖民者的边境协议。这棵被林业协会名树纪念馆宣布为北美最完美样本的500年树龄的橡树,在1989年被一个叫保尔·库勒恩的人毒死。他宣称自己的动机是出于单相思。经过大量的挽救工作(由工业亿万富翁罗斯·帕罗特的空白支票资助),三分之一的树被救活了。库勒恩被判九年监禁重罪。鉴于库勒恩试图杀掉独星州(得克萨斯的别名)最神圣的象征,有些人认为太便宜他了,某种意义上,也的确如此,无期徒刑曾经被认真考虑过。无疑其他惩罚也被考虑过,正像对格兰特·哈德温一样,有人怀疑他都活不到出庭的时候。加拿大警察和当地林业部雇员都认为,马萨特海达人会处理格兰特。“当地人考虑到了很多问题,”沃尔金肖警官解释说,“因此我们在这儿没有什么麻烦。他担心自己的性命也许是对的。”

一位茨基吉特部族长者仔细选择了自己的措辞,但的确声称“某种事情会非官方地落在他身上”。

马萨特分为两个截然不同的社区:新马萨特(人口 950),原来的英国村落,包括主要商业街和联邦码头及法院;老马萨特(人口 700),海达保护区,除了非海达配偶,几乎都是本土人。格兰特不但犯下明显的罪行,还干扰了独立社区的生活常态。“一个小镇有一种节奏,”沃尔金肖警官评论道,“老马萨特、新马萨特的每一个人都和谐相处。甚至法院的速记员弗兰,都参加冬季赠礼仪式。像格兰特这类外人使这里的秩序混乱了。一定会有人抓住他。”

“几乎这里的每一个人都准备绞死那个人,因为伤害是针对我们大家的,”茨基吉特部族长者罗宾布朗说,“就像我们中的一员死掉了似的。”老马萨特的英国居民容·川特,就是格兰特送给其锯子的人,暂时成了犯罪嫌疑人。他很气愤。“如果我见到他,”他发誓说,“我会杀掉他。”但是,好像这种荣誉的获得有一个候选人名单。“一致通过,”克莱门斯港育空客栈的酒吧招待尤尼·桑伯格说,“这个家伙应该被除掉。”当地伐木工莫理斯·坎贝尔建议,“把他的睾丸钉在树桩上。”一个海达首领也建议把格兰特钉在树上；其他人想“是否应该切掉干坏事的这个人身上的部分，看看如何”。当然，这些议论很廉价，不过确实有这种惩罚的先例；在《金枝》中，詹姆士·弗雷泽爵士对魔力和信仰做了经典探索，他写道：

> 以前人们是多么崇拜树木，由古老德国法律中严厉的刑法可以了解到这点。对于剥掉活着的树的皮的罪犯来说，其受到的惩罚将是：其肚脐要被割下，以钉到被他剥去皮的地方，他会被赶着围绕树一圈又一圈转，直到肠子绕在树干上。惩罚的目的显然是用罪犯身上活的部分替换死去的树皮；是以命抵命，人的命代替树的命。

岛上土著居民一直亲近海水，喜欢临海而居，而欧洲殖民者是内陆人——是森林人——就像土著居民多是渔民一样。甚至现在，许多伐木工和森林的关系远远并不是伐木那样的简单。在这种意义上，很久很久以来，很少有什么改变。外人很难理解伐木工对其所处的环境的感激之情，杰克·米勒，从事了60年的伐木业，他试图用下面这个故事来说明。

米勒和他的主管在万库弗岛西海岸的努特卡岛巡查木材，50年代，他的主管发现一株奇异的兰花，指给他看。米勒不久又在远处发现另一朵，他说，“让我摘下来给你。”

但主管告诉他不要动它。

“为什么?”米勒问。“反正都要被砍伐了。”

“让它留在那儿吧，”主管命令道。

个人对森林的爱和集团工业“掠夺然后逃走”的心理并存，随着时间推移，留下被搜索过的山谷和淤塞的河流，丢弃着机器、燃料桶、旧轮胎和几千码锈蚀的电线。伐木工，像其他谋生的人一样，认为他们的作为是必要的。“它是资源，应该被利用。”这是人们信奉的基本理论。但是对克莱门斯港大多数居民来说，格兰特所做的和资源利用或环保抗议无关；像海达人一样，他们认为他的行为是对珍贵象征的不道德的摧毁，是亵渎神圣。克莱门斯港市长格勒恩·比奇，回应着众多海达人，告诉记者说，“它让我难受，就像失去了一个老朋友。”不过，他还有其他的担心，“现在旅游巴士还来这里干什么呢？”

随后，比奇市长宣布，克莱门斯港举行“自由善意行动周”活动。

在一篇社论里，鲁珀特王子港《每日新闻报》的执行编辑把格兰特的逻辑和反堕胎者杀死做人工流产的医生相比。到1月底，人们的情绪如此高涨，以致加拿大皇家骑警队迫于要求尽快结束案件的压力，把格兰特开庭日提前了2个月。2月18日他就要出现在马萨特了，只剩三个星期了。“他们已经下流到极点了。”格兰特当时对记者说，“他们想要我过去，好让当地人随意对付我。太早到那儿去等于自杀。”

或许会是那样。

第九章 神 话

我要告诉你一些故事

他说

它们不只是娱乐

不要被愚弄了

它们是我们所有的一切,你知道

所有我们极力摆脱的

疾病和死亡

——莱斯利·马蒙·西科,《仪式》

当金针云杉倒下时,它把沿路的每一棵树都撞倒了。从远处望去,像是闪电或反常的风,在某种意义上的确是这样。机会究竟有多大呢?金针云杉是十亿分之一,格兰特·哈德温也是。倒下的金针云杉被发现不久,麦克米伦·布洛得尔(加拿大伐木公司)的发言人说,“干这事的人一定是不顾一切的”。他不仅是指格兰特后勤保障的细节，还有接近金针云杉需要付出的努力，再就是要在半夜把树砍倒。很难想象还有什么人兼有这样的动机、执著、耐力和能够做到这样一件事的技术。

金针云杉就这样倒下了，它最末端约 20 英尺的树干悬在河面上，这是悲惨的一幕：依然发光的金色树枝令人想起女人的裙子，暴露出暗绿色的底衬，剪平的树桩在黑暗的森林里白得瘆人；相对于偌大的树干，这伤害已经很小了，却又彻底无法挽回。1 月 26 日，星期天，也就是麦克米伦·布洛得尔公司一位员工的妻子发现倒伏的金针云杉三天后，这棵树成为马萨特英国国教教堂布道的主题。不过听起来更像是颂词。"这不仅是异常美丽的自然的树，"可敬的彼得·汉莫尔神甫声明，"它实际上是群岛和我们自己的象征。它是神化的树。每当我们看见它，它都支持着我们的精神……它的存在把我们团结在一起，并把我们从平凡提升到超然。"汉莫尔接着引用伟大的浪漫主义诗人威廉·华兹华斯来表达他无法表达的情感：

我经常默默伫立
在冷冷月光下，仰望这可爱的树。
那另一半魔幻的世界，我的诗或许
永远无法涉足；但是斯宾塞年轻时
也未必能有更安静的幻象，
也未必能够看见，我在冬夜里
独自在大地的奇异作品下

所看见的人类的形体和超人的力量

那更为明亮的外表。

“把精神禁闭在生命内在的维度里，”汉莫儿神甫继续说，“就是给了疯狂开采自然以许可。为上帝的正义鼓掌的树有不同的建议。精神向上转化必然会遭遇现实的一切。一棵树的摧毁，尤其是金针云杉的倒下给我们以深刻的暗示。大地母亲的礼物把我们和我们内在的精神需求联系起来。它被无意义的毁坏深深伤害了我们每一个人，就像育空河边神圣的森林失去那令人惊叹的美一样深。”

第二天，为了和金针云杉的灵魂和解，一百多名海达人逆育空河而上。“年长者在哭泣，用自己的语言祈祷，”一个参加仪式的名叫玛瑞娜·琼斯的海达女牧师回忆说，“你可以感到那种沉重，就像失去了我们的一个孩子。人们反穿着毯子。”琼斯从树上抢救出一条金色的嫩枝，把它冷冻干燥保存在密封好的塑料包装里，像真十字架的一片（圣海伦娜从耶路撒冷带回的耶稣的十字架）。附近的金针云杉汽车旅馆的经营者尤丝和盖布瑞拉·托马斯，保存了一大段树枝，放在柜台旁的酒精瓶子里，在那里，它更像是稀有珊瑚的标本，而不是本地的树木。

地方环境研究会会长约翰·布罗哈德和海达人一起亲密工作三十多年了，他把手放在树上说，“这树不仅是一棵树。”在植物学意义上，金针云杉是突变异种——如格兰特说的“是畸形的”——但也是神秘冰山的一角，在这个意义上，它是群岛本身的微观世界。一些海达人把育空河叫做生命河，就像岛以浓缩形式代表了生命力，金针云杉象征着育空的精华。在这个意义上，它与广为人知的生命树的观念有很多相同之处。今天，这古老的象征可在世界各地找到——在斯里兰卡的寺庙、东方的魔毯、中东和中美洲的制陶术、《圣经》，甚至南加州的桥墩上，还有无数的其他地方和媒介之中。生命之树是富足的象征，也代表一种超然的轴心，生与死、善与恶、人和自然，都围绕着它，在无尽的循环里旋转。

古代与树有关的仪式的痕迹依然能在世界各地找到，包括欧洲、非洲、印度和远东；有一些，比如五朔节花柱舞蹈，圣诞树和圣诞柴（圣诞节原木形大蛋糕），穿过历史旅程留存下来。但是纪念金针云杉的仪式应该是北美洲此类活动的第一个。北半球从来没有过这样的仪式，基督教传入之前的部落崇拜神圣的森林，被入侵的基督教军队和政府消灭的正是同样的森林——不只是为了那里的木材，而且是它们所代表的异教观念。如果回顾得更远，海达的经历每个人在某个时期都曾有过。“甚至现在”，老普林尼在公元前 1 世纪写道，“淳朴的乡下人还把特别高的树作为牺牲献给上帝……”

接下来的星期六，即 2 月 1 日，在倒下的金针云杉对面的河边举行了公共纪念礼，“哀悼我们的祖先”。当时天下着雨，是那种接近雪的冷雨，人群填满森林的伤口，吉特林世袭的酋长迪雍，穿着用山羊毛织成的奇尔卡特毯子，以缓慢的死亡进行曲般节奏敲着黑色的鼓。在海达瓜依居住了 50 年的美国海军老兵和作家内尔·卡芮这样描述仪式：“我有生以来所见的岛上人最多的集会。像盛大的葬礼，车子在公路两边绵延达一英里长。”

“大鹰”厄尼·克里森，也叫舵手斯凯雷，组织和主持了大部分仪式。和"大鹰"厄尼·克里森一起的，是无数的海达酋长和其他领导者，包括果加，果加的名字的意思就是"鼓"。在仪式的不同时刻，鼓声在森林黄昏的寂静里响得像打雷似的，从树干上反弹回来，形成立体声效果。同时，当他们拉开嗓门唱起海达哀悼和重生的歌曲，歌者的声音，尤其是果加的声音，在森林里回响。自从大疾病以来，在育空岸边已经有很多年没有响起过这样的歌声了，取而代之的是震耳欲聋的链锯的轰鸣。

酋长牧师和社区领导者讲话的主要内容是悲哀、宽容和团结一致——还有深深的疑惑："很难掌握人们的思想"，酋长斯基德盖特说，他站在森林里专门为仪式搭建的台上，通过麦克风向人群讲话，"一个人怎么能做这么可悲的事情。"当厄尼·克里森上台时，他看起来疲惫、失落，平时他是一个生气勃勃的人，很少有不知道要说什么的时候，可是现在竟一时语塞，仿佛树的死亡也使其生命力侵蚀衰竭。克里森描述仪式是纪念礼。"向你内心、灵魂和心智的情感致辞，你的恐惧，你的愤怒——对海达瓜依——对夏洛特女王群岛所有人意义重大的美丽的树的丧失，如果你愿意的话——还有全世界的人……来自北美的所有人，"他说，"尽量给造成这种悲哀状况的疯狂行为一些理解。"

当一个记者问克里森是否真的相信一个小孩会变成一棵树，他反驳说，"是的。你相信一个女人会变成一块盐吗？"

海达的口述经典和圣经有很多相同之处，都包含各种意义的故事：有创造神话；有家族和部落血统、世系的跟踪记录；有地区历史和重大事件；有预言和指导年轻人提醒年长者的话。金针云杉的故事流传到现在，属于最后一类，是寓言传说。所有这些故事，都细致完整，传递着重要的信息和娱乐价值，但由于来回的翻译而逐渐流失——先是从海达语转到英语，然后从口述过渡到印刷。像戏剧或歌曲一样，这类故事应该是事实活生生的反映，在讲述者的感召力和与听众的互动中得到强化。圣经故事就是这样，以文字阅读方式了解海达故事会使寻求“理性的”、后启蒙解释的读者出现困惑。例如，根据海达传说，海达瓜依是世界开始的地方，最早的人类在一个叫做奈库（玫瑰唾液）的地方，从蛤壳里出现，它在格兰木岛东北角长而尖的沙洲上。我们对事实和现实的理解取决于语境和导向：对于未启蒙者，宇宙大爆炸原理听起来就和海达故事一样奇异而空想，“大气的精灵自己生出自己”。不过，前者几乎就像后者的缩略版。

因为海达没有字母和文字，所有信息都是口头传递，因而数量巨大；一些有关创造神话“不断行走的渡鸦”的故事长达 40 页或者更多，而那种长度也几乎肯定是原版的缩写。当你考虑到海达人和大陆邻邦不可估量的损失时，就不足为奇了。1927 年英属哥伦比亚土地部出版的夏洛特女王群岛资料地图估算，岛上木材储备量超过 150 亿板英尺。这也说明，育空谷的主要森林地已经被“转让”（英国名词，意思为出租）。但是，更令人不安的是地图统计出的岛上人口数量，海达居民仅有 645 人。这惊人的数字表明，人口比接触外界前减少了约 95％（依据的是村址、贝壳垃圾堆和其他相关数据）。有计划的种族灭绝和屠杀，不论是多么迫不得已，都不足以解释这种灾难性的减少。不管你选择怎样的解释，海达人和海獭的下场都差不多。

传染病的不断冲击使海达人口减少到只够基本船员（船员名额

不足时船上必备的人手)的程度，不够用来划动大型的独木舟、打鱼、讲故事或抚养留下的孤儿。幸存者胆战心惊，就像广岛核爆炸或卢旺达大屠杀那样。病得奄奄一息的人和腐烂的尸体横七竖八——多到无法搬动和掩埋。文化的每一层面都被粉碎性破坏，最基本的活动也缓慢地停下来。技术和知识大多与主人一起消失。这就像去工作、上学或去临近的酒吧的途中，20 人中死去 19 人，找不到人帮忙。你能做什么呢？在世纪之交，大约 50 个村子的幸存者——一些人曾是仇敌——统一起来，开始是五个社区，后来是两个——格兰木岛南端的斯基德盖特团，以及北端的老马萨特。即使现在，它们之间和内部也存在明显的差别。“说到斯基德盖特和马萨特就像说到中国和日本，”一个在马萨特长大的老人解释说。“虽然世界把我们放在一起，但我们知道我们之间的差别在哪儿。”到今天，大家都知道谁是从贵族世袭而来，谁的祖先是奴隶。

文化的消亡还在继续，幸存者被传教士包围，被迫以基督教的方式料理新托管的人的衣食住行。很多海达人接受了新信仰，考虑到他们原来知晓和坚信的一切几乎都被摧毁了，当时的改变可能很有意义。“现在岛上人口减少到不足 700 人，”人类学家弗朗茨·鲍斯在 1901 年写道，“传教士查禁了所有的舞蹈，并帮助毁掉所有的旧房子——以及一切使生活值得继续下去的东西。”

在人口大量消失和幸存者再定居的过程中，所有面具、服装和构成海达精神生活的物质基础——举行仪式用的道具都丢失了。有些道具是被遗弃或卖掉了，因为它们的主人没有机会再使用它们，或急需换取现金购买生活必需品。某些道具被传教士堆积起来，付之一炬，化为灰烬，或被印度执法官查抄没收，再转卖给手工品收藏家，人类学家也带走了他们所能带走的一切。到 1910 年，矗立在西北海岸的大多数图腾柱也消失了。在传教士和政府官员的压迫下，有些图腾柱被砍掉或被收藏家抢救出去。有些图腾柱被砍碎做了劈柴。还有些被用做水岸边木板路的支柱了。一些最好的图腾柱被送去博物馆，这种抢救多数情况下还算幸运。但不是所有海达地区都这么安静，在威尔士（阿拉斯加）亲王岛的南部，因凯格尼海达人闻名的几个村子，酋长斯库华通过联合当地俄罗斯东正教传教士，吸收他们的预言，一个俄罗斯圣人和天使长米迦勒，合成了一个新的巨大的图腾柱。

传教士像岛上其他形形色色的旅游者一样，有的因慷慨和乐于施教受到爱戴和崇拜，有的则因滥用权力和压制原住民而被憎恨。在传教期间（1876—1940），一些地方传统通过地下的秘密实践而保持下来。结果，多数海达人在两个世界都插了一脚。现在，西北海岸是从中东沙漠到太平洋深处的各种代表人物的家园。

在 1862 年爆发最严重的流行病之后的几十年里，很多海达人离开本岛，外出寻找工作，或仅仅前往破坏不是太严重的地方。一些人去了坐落在万库弗岛南端的维多利亚，英属哥伦比亚的首都和第一个城市，从海达乘独木舟要航行 500 英里。一路上，他们经常受到几年或几十年前其成员被他们偷盗过或杀害的部落的侵扰。一旦到达目的地，维多利亚也不会待他们更好，很多印第安人最终遭受失败或遭遇意外。在 19 世纪末，被万库弗超越前，维多利亚是英属哥伦比亚的伐木业中心。它是惟一可见街道上铺着横纹铁杉的城市，就像其他城市铺的地砖一样，人走在上面，就像是踩着巨大的切菜板。如今，或许没人知道，在漂亮的花卉、优雅的政府建筑和风景如画的海港下，埋葬着殖民政府官员、伐木工、水手、中国和印度的劳工，以及精神上饱受创伤的来自沿海的印第安人所缔结的边远帝国的根。在穷困、匮乏和士气受挫的当地人中间，不断有酗酒、卖淫和性病发生，有时卖淫甚至被当作筹集冬季赠礼金及增加税收的方法，即使自1884年被加拿大政府明令禁止，卖淫一直都在秘密进行。

还有更多的举措来为当地文化送葬，几代的海达孩子被从家里拉出来，送到住宿学校，和来自其他部落的孩子，如库拉·格雷那样的孩子，聚集在一起。他们当中的很多人不懂英语，而本族语又被禁止。政府的目的是把印第安年轻一代和他们“无法改进的”父母分离开，变成基督教雇佣劳动者。对多数白人来说，这完全是合情合理的，甚至是仁慈的一件事。他们很清楚，旧的生存方式结束了，即使在努力恢复，许多方面，如奴隶制、战争和袭击，在新的政权制度下是不能维持的。但是强迫同化的结果是更糟糕的失败。除了被强奸、殴打和侮辱，几代印第安孩子们都是在与家庭和文化的隔绝中长大的，缺乏加入白人统治者的世界所必需的训练和储备。一些这样的孩子，一旦从住宿学校出来，也向南部漂泊——先到维多利亚，然后是万库弗——很多再也没有回来。这种等于将海达孩子拘押在住宿学校的做法，自近400年前在加拿大东部开始，到20世纪70年代才结束。因为在这些机构遭到虐待，而向教堂和联邦政府要求合法赔偿的有成千上万次。

文化的载体是那些逃过政府机构之网从而避开了居住住宿学校

的孩子。他们和父母或祖父母待在家里，学习语言、故事和各种技术，有一些人开始艰难地拼凑被破坏的古老遗产。作为雕刻家和独木舟制造者的老马萨特居民在沿海是相当闻名的，上世纪末，他们设法重组和制造的双桅纵帆船和渔船，比海岸其他船只都更光滑和坚实。到20世纪40年代，已经建立起一支由海达渔船组成的舰队，在群岛周围的水域往来。不过，像今天的渔夫和农场主一样，这些海达船只以贷款作为金融支持，而且贷款方常常是购买海达产品的渔业公司。50年代，由于还不起债务，这些船队大多落入渔业公司手中，使很多海达渔民成为自己船队的雇员。虽然建造独木舟的技术恢复了，马萨特海达人却失去了现代船舶的建造技术，也同时失去了对经济命运的控制。不过，他们获得了别的，结果证明这更为重要：他们的故事和仪式——文化的核心。

重新面对这些丧失所需要的好奇心和勇气几十年来都没有完全恢复。非凡的恢复过程开始于20世纪60年代，那时，海达艺术家开始恢复图腾柱雕刻艺术、面具制作和独木舟建造。在近海岛屿上忠诚的个人和组织的支持下，为了了解所有19世纪失去、被盗和卖掉的一切，海达进行了一次纪念性的自我改造的技艺表演，把挖掘长者的记忆和参观世界各地的博物馆结合起来。这个活动现在还在继续：人类学家的早期电影和现场录音帮助他们回忆起歌曲和舞蹈，祖先的骨头被从博物馆寄回来，妥善埋葬，人造物品也被还了回来。这样，散落各处的几近消失的部落物件一点点地得到归还。

1969年，马萨特传教士时期后的第一个图腾柱由罗伯特·戴维森雕刻，他是海达复兴的领导者之一。他的祖母想要在竖立图腾柱的仪式上跳舞，但是在海达瓜依，这种仪式已经很多代没有举行过了，缺乏仪式所需要的面具和服装。她在脑袋上戴了一个纸口袋，好像《华氏 451 度》里的场面，这个老妇人——几千年文化的最后一个代表——在地板上拖着脚步跳着，带领着其他人重新找回失去的舞步，歌词在头脑里重组，嘴巴在恐怖的寂静后找到共鸣。就是这一代人，天花的幸存者，确保金针云杉的故事和其他故事一样流传到今天。

在西北海岸，故事被认为是财产，就像土地、车辆在欧美文化里，或吉他调音在夏威夷人家庭一样。有些故事和其他的相通，另一些只属于某个惟一有资格讲述它们的部落或家族。舞蹈、歌曲和纹章冠饰也是这样。如果你要斯基德盖特的海达人讲金针云杉的故事，她会说“那不是我们的故事”，然后她会划几天的船——现在是一个小时的车程——来到北部，把你送到马萨特。如果你问马萨特海达人这个故事，他会说他知道，但很可能会介绍你去找鹰族的长者。

吉德吉阿斯，也就是金针云杉的故事，直到 1988 年才被写出来，与其被砍相距不到 10 年。故事的讲述者在努力将用海达语听到的故事转述给卡罗琳·亚伯拉罕斯时屡遭失败。亚伯拉罕斯是一位海达少年，他正收集有关育空河历史的故事材料，编辑成书。他现在住在弗吉尼亚西部，像所有同辈人一样，他不会说也不懂海达语(只剩下不到 40 个能流利说海达语的人，其中最年轻的黛安·布朗已经 50 多岁了，其他人还要年长 20 岁甚至更多)。叙述故事的老者(包括亚伯拉罕斯的祖母)经常一个句子说到一半就说“英语里没有这个意思的词”。接受统治者的语言时也是这种情况，更多的是出于必要，而不是爱的努力，结果总是无法完全掌握。阅读海达本族语的金针云杉故事的英语版就像读《坎特伯雷故事集》的海达语简写版一样。无法计算经过翻译之后，有多少细节、意义和艺术留存下来，但肯定是相当可观的。但是，像所有优秀的故事一样，吉德吉阿斯有一些普遍的特点，它融合了很多故事的元素，如所多玛和俄摩拉、诺亚方舟，以及有关阿尔忒弥斯、俄耳甫斯和欧律狄刻的希腊神话。不过这个版本是从一个男孩在海滩上大便开始的。

很多年前的一个冬天，一个年轻人到海边去方便。天冷得蹲不下，于是他将就站着。便完后，他向下一看，发现粪团像一棵树在雪里笔直地立着。年轻人觉得很好玩，他就大笑起来。这时雪花开始落个不停。所有冬天的供给都用完了，天空还在下雪。村民接二连三死于寒冷和饥饿，最后只剩下两个人：一个老人和他的孙子。他们意识到惟一的希望是逃离注定要毁灭的村子，于是，当暴风雪还在肆虐时，他们挖出一条路，逃了出来。走了一会儿，他们惊奇地发现，森林已因盛夏而生机勃勃。

他们一边走，一边寻找一个新家。老人警告孙子说“不要回头看，”他对男孩说，“如果你回头看，你就会进入另一个世界。人们会崇拜你，但不能和你讲话。你将只能站在那里，直到世界末日。”

可是，行程漫长而疲惫，男孩丢掉了渔竿。他忍不住偷偷地向他们的房子方向回望了最后一眼。然而，当他这么做的时候，他的脚在森林的地上生了根。男孩大声呼救，但是不管祖父多么努力，他还是牢牢扎根在地上。“好吧，我的孩子，”祖父说，“甚至最后一代人也会看见你并记住你的故事。”

就是这个男孩变成了金针云杉。沿海还有关于代表变形了的人类、动物和精灵的岩石、岛屿和山脉的故事。万库弗有印第安人岩，50英尺高的砂石柱，代表另一个不听话的孩子，违抗了神，被变形。在所有海达或西海岸变形故事中，金针云杉是惟一的生灵，每个人都能看见，不论他们是本土人还是外国人，是相信还是怀疑。金针云杉实际上特别适合弥补时间和文化的裂缝。树是惟一有着如此巨大的现世影响力的可见生灵，这么与众不同，这么无可否认地“另类”，可以被任何人认出，无论他们的文化是什么，或他们在历史的哪个点上与之相遇。如果不去打扰它，金针云杉可能会活到26世纪。虽然沿海250年树龄以上的树内部腐朽是很常见的，但金针云杉的树桩没有一点腐烂的痕迹。

除了这个版本的海达金色男孩的故事，还有不同的变种版本。一个说雪是来自造物主的对部落之间争斗的惩罚；另一个把冻结的洪水归罪于缺乏对大自然的尊敬，由男孩对着自己的粪便大笑象征性地表现出来。又有版本描述两个主要人物是天花疫病的惟一幸存者，想得到永生。另一个版本坚持说树会和海达人共存亡，树的死宣布了部落的完结。“不管你怎么说，”老罗宾·布朗评论说，“人们总是会反驳你。”虽然和书面文字一起长大的人会觉得这些变化很矛盾，前后不一，但是我们要记住，17世纪第一本英语词典出版以前，就连拼写都是很主观的，每个词的写法都是个人当时决定的结果。口头传统就没有这么大的差异，每个版本更多依赖于特定讲述者的记忆、诚实、安排和所涉及的听众，还取决于当时讲述者、听众和时代的需要。

金针云杉故事根本上要传递的是一个很简单的信息：尊重长者，不然你会后悔。不过，在这层表面意义下，这个寓言故事也可以视作一个教训，有关如何让全村免遭屠杀或天花瘟疫的损失，或如何平安度过住宿学校的时间：不要回头，不要尝试回到那死亡之地。但是每个有资格否定或确定这个原理或其他原理的人都死掉了。甚至那个祖母，还是女孩时听到这个故事，并把故事讲述给孙女听的人，也去世了。像这棵树和砍倒它的人一样，这故事是个谜，更确切地说，只是拼图的一块，谁也无法完全知晓整个拼图。

第十章　赫卡特海峡

他说的是什么——当心你自己——

他说的有道理。

——赫尔曼·梅尔维尔，《莫比迪克》

在黑泽尔顿短暂逗留后，格兰特回到鲁珀特王子港准备去法庭。虽然库拉·格雷对他的作为深感震惊，但还是忠诚于他。“他做了错事”，她对记者说，“他为自己所作所为感到难过。他当时只看到麦克米伦·布洛得尔，不了解海达人的传说。”格雷甚至试图为格兰特在海达瓜依预订一间旅馆。据她说，每个人都说没有空房间了，虽然这种情况很少会出现，即使在盛夏也不常见。她是在黑暗的 2 月打来电话，很可能没有人愿意让格兰特住在自己那里。到这时，格兰特的选择变得严酷而稀少；他可以勇于承担责任，也可以逃跑。他的处境对多数人是噩梦，但对他可能是一种良机。他平生第一次引起那么多人的关注。格兰特的信念和先前要公开发表见解的意愿，让人们完全有理由猜想,他只要完整地到达受审地,就会把法庭当成一种绝好的论坛,宣扬他的冤情和不平。他对这个问题的解决方式,像他对麦克米伦·布洛得尔的采伐操作一样,经过了复杂而使人困惑的骄傲、个人正直、偏执狂和绝对信心的综合过滤。在这个意义上,他和圣女贞德或泰德·卡金斯基没有多大差别;他甚至有某种感召力,虽然像隐形炸弹人缺乏说服和激发能力。不过,从两个方面来看,格兰特和那些愚忠、激进和自我中心的个人不同:首先,他不是杀手,也不宣扬杀戮;再者,他有在荒野地带生存的无法否认的证明。直面本质的坚定的自信,使格兰特勇于尝试别人从来没有做过的事情:在深冬划皮筏横过赫卡特海峡。其他人不敢尝试在深冬用皮筏横渡赫卡特海峡,是有非常有说服力的原因的。格兰特所住莫比迪克客栈的前台帕特·坎贝尔很好地作了总结:"鲁珀特的水简直像沸腾般汹涌,"她解释说,"而那只是靠近码头的地方。我相信格兰特也清楚。他见过那种天气——知道会有怎样的影响,那水真是烈性,就是个烈。"

有些地方被称做"太平洋的坟场",万库弗岛西岸就是一处,如果把整个英属哥伦比亚都算进来才更准确。在过去的200年里,有1000多艘船在这里沉没,赫卡特海峡很可能是海岸最凶险的水域。海峡是一个绝妙的天气制造厂,通常情况下,风、潮汐、浅滩和沙洲造成一种其他地方没有的综合的破坏力量。来自东北的冷空气产生下降风,从山里冲下来,形成漏斗形的风道,通过该地区的许多海湾——其中最大的是波特兰岛,在鲁珀特王子岛以北30英里处倾入海峡。同时,阿拉斯加的北极低压系推动的冬季风暴往往沿海岸向南推进。正是因为这些风,赫卡特海峡南端的气象浮标记录有100

英尺高的大浪。使海峡如此危险的原因之一是两种截然相反的气象系统同时发生。这样,以 50—100 英里速度吹来的西南海风和同样强烈的东北下降风迎头相撞,造成一种大气的锤钻效应。经验丰富的北海皮筏船夫讲述,这样的风能把 400 磅的船和滑桨者高高地托出水面,举起在空中。

不过这只是赫卡特海峡混乱公式中的一个成分,潮汐是另一个成分。在这个地区,潮汐高达 24 英尺,每天两次,大量的水从港口、海湾和海峡形成的迷宫泵进和泵出。在开阔的海洋,这么大容量的水的传递和转移是相对有序的过程,但在赫卡特海峡这样又浅又狭窄的地区,潮汐进退的结果就如同巨人的拇指压住了花园水管的另一端,造成剧烈的上升和流动,这种现象的科学名字是文丘里效应。第三种成分是恐怖的溢流,它产生于风和潮汐迅速的反向移动。溢流是陡峭、密集的,无法预测的海浪,即使 10—15 英尺的中等高度,也能够把渔船打翻,使船员葬身海底。溢流可能在任何地方出现,但其效果会因海峡、沙洲和浅滩而加剧,比如像马萨特和鲁珀特王子港之间延伸 20 英里的"玫瑰暗礁"。在同样情况下,溢流以"长涌"形式出现,巨大垂直的海浪连续涌动。溢流不仅无声,而且在光线不好时基本上不能看见,等到有所觉察,身体已经被吞没了。在冬季,海面高高隆起,向东方汹涌奔腾,以 30—60 英尺高度的浪涛通过狄克逊入口时,巨浪足以使赫卡特海峡海床暴露出来,风、海和土地仿佛被魔法召唤起来,形成最为凶险的充满敌意的环境。

大多水手能够战胜风暴,因为他们能使自己顺应强势的风浪,进入流动状态,最后安全渡过海峡。但是,赫卡特海峡天气不好时,人们就无法顺应潮流，因为根本就找不到潮流，70 海里大风或公寓大楼一般高的水浪会从任何方向冲向船只，没有规律或原因；在你周围，各种势力混战在一起。天气躁狂而抑郁，这部分海岸黑暗一片，模糊朦胧，如同皮瑞兹到来时一样，水手航行过这样的水域就像老鼠越过有猫巡视的厨房，隐秘地从一个藏身地飞奔向另一个。如果情况不妙，只能谨慎地坐着、等待，也许要等很久。像一个当地老兵说的，“这时最糟糕的事莫过于慌忙逃跑。”

熟练的划子手戈登·品考克，是海达瓜依最早参加这项运动的人之一。20 年来，他划遍了群岛各处，包括多次沿着最无遮蔽的偏远西海岸航行。一次，他冲过 30 英尺的海浪，几乎被一种西海岸叫做“克莱皮多”的现象夺去性命。大浪从悬崖壁上弹回，和后面的浪冲撞，把海洋变成垃圾捣碎机，那就是“克莱皮多”。“克莱皮多”是小船的地狱：30 英尺高大浪从墙上跳弹返回，也有 15 英尺高，它和下一个 30 英尺高的大浪组成 40 英尺高的混乱的水力驱动的小山——反复周始。意味深长的是，品考克当时没有尝试横过赫卡特海峡。他说，“独自去那儿？在 2 月？不可能。我决不会冒生命危险，夏天也不行。”

出于对自身安全的怀疑，格兰特清理了财物时，保留了一只衣箱和签证，最后同行的物品包括皮划子、紧急闪光灯、两支划桨和一个排水泵——西北海岸航行的一般装备。格兰特的明确目的地是马萨特，为便于开庭日前到达，就提早出发了。他已经告诉人们，这样航行是因为担心乘渡船或飞机会遭到当地人袭击，他的担心是有正当理由的。“不能让人们发现格兰特就在船上，”约翰·罗萨利奥警官解释说,“因为,马萨特的情绪是如果格兰特回来就得接受私刑处罚。”

格兰特对这一点很清楚,但他心意已决。动身前不久,他曾给海达首领打电话,宣布了他的意图,如果他们愿意,他可以在水上见面,那里“不会有警察”。在通知了库拉·格雷、疏远的前妻玛格丽特和《每日新闻报》之后,格兰特于2月11日下午出发了。格雷和玛格丽特都报了警,警方派遣充气机动船试图在格兰特离开鲁珀特王子港时拦截成功。但在场的警察之一布鲁斯·杰弗里警官,无法劝阻格兰特。“他没有失去理智,”杰弗里回忆说,“他不是自取灭亡,但我看出他离死神不远了。不幸的是,你不能因为他的过度自信或愚蠢而实施拘捕。如果他说过,‘我不想去’,我们可能强迫他乘飞机过去,但是他决定了要凭自己的力量去马萨特。”

黄昏时分,从船头到船尾都装载好了船具,斧头和备用桨放在前甲板,格兰特驶出鲁珀特王子港,直入风暴之中。天气预报那天夜里会有超过10英尺的大浪,风速达30英里每小时,还会有雨。即使在明亮的白天,沿着这样千篇一律的海岸辨别方向都很难,夜里就更不可能。天色暗得连海上的白帽浪也看不见。气温刚好在零上,但是风寒指数会将它驱到冰点以下。普通人在这样的环境中待上半小时就会有被霜冻伤的危险。格兰特只穿了雨衣和洗碗手套,他不是一个有经验的皮筏手,不过即使富有经验,也很难在这样恶劣的天气中安全过夜。但格兰特还是成功了,半夜时分,他回到鲁珀特王子港。

“我们刚打开门,他就等在门口。”海港共有人玛里琳·鲍尔文说。格兰特前一天在她那儿买过皮划子和设备。鲍尔文记得,格兰特对夜里这么冷感到惊奇，他告诉鲍尔文，他在阴沉的大海里划了几个小时，没有什么进展。格兰特说，他可以应付暗礁，不过得回来买些保暖的衣服，还有(是杰弗里警官的建议)赫卡特海峡的海图。说到金色云杉的话题，“他想要申辩，”鲍尔文回忆道，“我想他在盼望去法庭的日子。他十分激动不安，肌肉在颤抖——像拉紧的什么东西，随时会突然折断。”

鲍尔文不知道格兰特的激动不安是否是因为心情紧张抑或是体温过低，不过她等格兰特一离开，就报了警。但是，警方说，格兰特没有犯法，他们不能做什么。13日拂晓，离开庭还有5天，格兰特再次出发。这次，他没有再返回。

格兰特的皮划子是祥云“特卡瓦”，用凯夫拉尔纤维B和玻璃纤维条层压而成的最新款，是为艰难环境下远洋运输重物而设计。海上“特卡瓦”比一般河水皮艇相对长些，有V型的底，可以在风中行驶，而不致像啤酒瓶或筏子一样被吹翻。“特卡瓦”还装备有脚控方向舵，这种设计可使划船的人集中精力向前划动，而不是忙于控制方向。格兰特的皮划子有18英尺长，如此大而重的船在汹涌的海里稳定性更好。“特卡瓦”还有更多的表面暴露给侧风和大浪，侧风容易抓住船首，使船偏离规定的航线。船的低重心在恶劣天气里是一个很大的优势，但即使这样，也不能避开整体小而脆弱的事实，3英尺的海浪也可能将它打翻，如果浪形成的时间和形状都适当的话。

玛里琳·鲍尔文像杰弗里警官一样，相信格兰特不会有求死的愿望。格兰特曾告诉记者，他能用24小时完成航行，意思是不间断地横过赫卡特海峡。而鲍尔文感觉，格兰特知道尝试做这样的航行将遇到怎样的困难，所以没有向西直接进入玫瑰湾的溢流区，而是像海达人曾经做到的，迂回越过岛屿。这个路线是向西北弧形而上，绕过威尔士王子岛，或向西更远，到达尔岛南端的木藏角。从那儿，他还要冲刺最后 40 英里，通过狄克逊海口，选择这条较长的航线，更有机会尾随海流航行，同时又可避开溢流。理想情况下，这最后一段航程本身就需要 24 小时。但是这种理想情况在 2 月不会出现在狄克逊海口，尤其在完全的黑暗之中。

第二天早上，2 月 14 日，在辛普森港附近，鲁珀特王子港北 25 英里处，人们发现了一只和格兰特的“特卡瓦”一模一样的白色皮划子。人们几乎肯定就是格兰特，因为没有其他人会在这样的环境下出海。风从南面而来，时速达 30 英里，将狄克逊海口卷入的海浪推升了 15 英尺。这绝不是划船的天气，但格兰特已经把风甩在身后，他计算得相当好——问题是，他要去哪里？在一个不经意的目击者看来——那个早上有好几个这样的目击者——他好像是要去阿拉斯加，不过这也是一个谨慎的（在此是相对而言）皮划子手去马萨特会走的路，如果他越岛航行的话。辛普森港是波特兰岛的南入口，沿着美国的边界。但是，从那里航行 25 英里去美国那边的福克斯角，在当地是尽人皆知的艰难旅途。除了下降的和回归的南风，这里的潮汐可以达到 5 海里——激流速度——会摧毁最强壮的划桨者。而且，南风遇到流出的潮水，海峡口被搅动成当地船夫所谓的“河排骨”——主要的是急剧升降的大浪引起了溢流。有时它们违反物理法则：想象一下，打破 12 英尺高但只有 8 英尺远的浪。“我们不能拖进那家伙，”鲁珀特王子港一艘拖船的船长佩里 · 波义耳解释说。他最大的拖船 1200 马力，重 100 吨。比较起来，格兰特的船就像一根冰棍棒，由一条金鱼提供动力。即使在恶劣天气里，它也轻便和容易操作，但在格兰特这样的航行中，持续的风吹浪打也会让它失去这个优势。月亮现在是半圆，正渐渐变满，意味着接续而来的是日益强烈的潮汐，强风和低气压伴着暴雨涌过海峡，使潮汐比平时更猛。接下来的 4 天，天气会持续恶化。

3 周前，格兰特才刚刚强行闯入当地人们的意识，但如今他已经获得了一种几近神秘的光环：像《比利小子》和《红花侠》一样，他似乎可以在任何时刻出现在任何地方。尽管在海上和陆地已有 4 天没有格兰特的踪影，很多海达瓜依居民依然期待着金针云杉的杀手 2 月 18 日早上 9 时 30 分准时出现在马萨特法庭。似乎没有人太关心那天早上的天气，尽管海峡的狂风驱赶着地平线上的雨，穿过似乎伸手可及的云层。海岛再一次被隐藏起来。那天早上，如果皮瑞兹、库克、万库弗或狄克逊船长们在寻找陆地，他们很可能也会失败。格兰特也许找不到岛，不仅因为可见度很差，而且在狄克逊海口，海面隆起有 30 多英尺高。

马萨特法院坐落在新马萨特中心腹地，在一条排列着低矮店铺的边街上，有运动场延伸到东北，然后是无计划占用山林、农田建造的拥挤的夹板建筑，娱乐中心。向西北 3 英里，沿着狭窄的海滨路，就是海达保护区老马萨特。法院本身是后现代金字形神塔，由铝和厚玻璃板建造。神塔内部被白色油毯和荧光灯衬托得轮廓分明，是王权最遥远而现代的前哨。加拿大是君主立宪制国家，在这里，法院兼任着殖民主义的庙宇；到现在，罪犯不仅被判违犯刑法，还干扰"女皇陛下王权和尊严的和平”。站在马萨特法院前，当渡鸦像棘齿一样发出噼啪的响声，从垃圾罐中掠夺残渣，当微弱的晨光被北太平洋烈风打败，你会觉得，女王，更不要说维多利亚和渥太华首府，都同样远隔百万英里之遥。即使这样，法规终会获胜，预谋私刑的暴徒终会消失。一排人穿着厚衣服、戴着帽子在门口排队，背对着风。金属探测器在海达瓜依生活中还不常见，但是今天，每个人都要经过安检扫描。随着外面人流的涌进，里面的过道和等候室不一会儿就挤满了人。与此同时，小审判室因密集的人群而显得更小，潮湿而窒闷，让人们盼望的心情更加强烈。岛上各界人士都出席了。酋长、长者、伐木工、渔民、家庭主妇和店铺老板僵直地坐在木头长凳上，等待看到这个很多人，也包括他们自己，都攻击过的人。

因为岛屿地处偏远，当地没有法官，而是每个月一次，由省法官乘飞机前来聆听案件。因此，也有预定在今天出庭的其他岛的人出现在人群中。岛上平时审理的通常是谨慎的、半私人化案件，但在今天早上，那些被控偷窃舷外发动机或酒后驾车的被告发现，他们受到近四分之一马萨特成人居民的详细审查。这有些令人尴尬，还有一点不真实——像戏仿诺曼·洛克威尔的绘画《四种自由》。

9 时 30 分，传唤托马斯·格兰特·哈德温的时候到了，大家集体屏住了呼吸，近百双眼睛扫视着法庭各个角落。因为很少有内陆人知道格兰特的相貌，多数人不大能确定自己寻找的对象在哪或是谁，除了某个不熟悉的动作，一张陌生人的脸，或他们脑海里想象的形象。最终，大家发现并没有新面孔或某种能量场出现，每个人都面面相觑，而传唤五个音节的格兰特名字的声音空洞地悬浮在空中，以俳句开始以公案结束。甚至格兰特不在场的事实已是很清楚了，也没有人愿意离去。大家都在等待，在猜想格兰特会在哪儿，是被监禁了，藏起来了，在逃还是死了——或者只是迟到了？10时格兰特的名字再次被叫起，这次有人在过道中间站了起来。一瞬间，有些人以为是格兰特出现了，但其实是一位叫詹姆士·斯特里特的吉仙人。他声称格兰特委托他做代理。斯特里特说，他们约订好开庭日见面，但是他已有两星期没有格兰特的消息。法官问他是否有权代表格兰特，他说没有。这时，格兰特正式成了逃亡者。

格兰特前妻听说格兰特失踪，起初并不太担心，因为他以前就失踪过，显然不能很诚实地确保言行一致。现在，怀揣着另一张逮捕证，加拿大皇家骑警队对格兰特这个人物更感兴趣了，尤其当他的前妻形容格兰特"不可摧毁"时。有很大嫌疑的玛格丽特说，要知道他是否安然无恙，要看他会不会在女儿生日给她打电话。他可能有大麻烦，但他仍然是个父亲，从他非比寻常的行事方式来看，还应该是个忠实的父亲。3月1日到了，过去了，仍没有电话。格兰特的妻子开始担心最糟糕的事情发生了，加拿大海岸巡逻队开始了紧急搜索，同时，美国官方也警觉起来。

对于美国海岸巡逻队中的一些人来说，可能会有奇怪的似曾相识的感觉，毕竟，他们以前搜寻过格兰特。1993年春天，偏执狂导致格兰特逗留在北方地区，他选了开放的支路，前往阿拉斯加亚历山大群岛。群岛位于海达瓜依以北200英里，虽然紧密地排列在断续的海岸线里，但看起来就像是加拿大相对应岛屿的缩影。当时格兰特在西加登陆，西加为前俄属美州的首府，曾是主要毛皮贸易站，现仍然是海滨最美丽的街区。除了是西加云杉名字的起源地，这座边界上的贸易小镇还是最大毛皮贸易时代的一级屠杀场。西加的前身是多面堡圣迈克尔，建造在特林吉特领地，1802 年头戴金属动物头盔、身穿铠甲的士兵袭击了该镇，杀死了 400 名居民，将剩下的掳为奴隶。只有极少人得以逃脱。两年后，俄国人在船上加农炮的武装下夺回了小镇。尽管西加地处边陲，但这个殖民地曾一度以"太平洋上的巴黎"闻名；19 世纪前半叶，它是西海岸最重要的港口。

格兰特到达不久，就向阿拉斯加"绿色和平"支部主席租了皮划子，他计划划行一星期，结果两个多星期才回来。当他没能在漂流计划的指定日期赶回，一个大规模的搜查行动就开始了，包括海岸巡逻队的船和飞机、当地警察、州部队，以及一个志愿搜救队。最早在西加群岛西部外边的克鲁左夫岛南岸，发现了格兰特在高大雪帽火山山脚下遗弃的营地。似乎他只是走开一下，营地留有帐篷、炊具、皮划子桨、喷雾罩及大量其他物品。这地区熊很多，搜索人员立即想到，格兰特是否遭熊袭击了，但救援狗没有找到踪迹。同时，空中搜索发现，格兰特的皮划子倒扣在圣拉扎利亚岛，那是克鲁左夫岛南端一个小型鸟类禁猎区。格兰特的背包系在船尾，在里面他们发现了以为是自杀留言的东西。不过，仔细检查发现是更加不寻常的文字。

平时，海岸巡逻队搜救报告是严格按照规定写的——用飞行员、水手和气象学者的高技巧速记堆砌而成。表格后有"评论"栏，在这里，负责编写格兰特报告的警官一时打破常规，乱写道，"这是个非常出色的人物。"当你翻到下一页，才知道他的意思；从此开始是格兰特的文字。附件题为"审判"，准确无误地打印出来，有 15 页。考虑到这是一个高中辍学的人所写，他被迫离开自己的国家，最后又离开自己的营地，因为他相信自己被中央情报局监视，所写内容具有惊人的说服力，显然经过深思熟虑。更特别的，和大多数宣言、激昂的演说、冗长的文章和宗教方面的长篇大论不同，格兰特不是从告诉读者要思考什么开始，而是提出了一系列问题，有效地使用苏格拉底的方法把读者放在造物主的位置。

他的介绍以“我问你”开始：

如果你有能力创造一切，包括生命，你可以同时进行这些完美的创造，如果一种生命形式明显地在滥用其他生命，包括他们自己的生命，你会做什么？

如果你创造的初衷被歪曲，从敬佩转化为憎恨，从同情到压迫，从慷慨到贪婪，从尊严到玷污，你会做什么？

你如何让人们相信，物质诱惑、社会地位和教育机构，是被利用来维护和保持现状，很少真正考虑地球上生命的未来？

作为“生命的创造者”，你如何对应该保护生命却显然在做相反事情的各种机构和个人表现轻蔑和反感？

格兰特继续简述世界历史，集中在从狩猎采集者到定居农业者的转变，从那到我们当前对全球经济繁荣依赖。他中间停下来，全面分析了“女性养育者”和“男性猎人、杀戮者、采集和提供者”之间的关系，是两者共同造成了环境的退化。并且他极其努力地概括了我们和自然的不断分离，及其对人类自身、对地球的负面影响。这不仅违背造物主的意愿，格兰特写道，而且是非民主的：

> 民主社会是道德上负责的社会，对它的机构、竞选或任命代表的行为负责，不论在国内还是国外。在民主社会里，抵制任何反生命的罪行或嫌疑犯罪是所有个体的责任。在犯罪发生时，无知、滥用或没有实际作用，绝不是有效的借口，除非情有可原……

最后，格兰特略述了改变这个极端错误的世界的根本方法：拆掉我们所知道的社会，废除所有流通货币和信仰，免除男人的权力。用妇女掌管的小型农业代替现代农业，并限制使用前工业技术。这些女族长制社区的惟一目的是修复过去2000年男性主宰文明造成的损坏。值得注意的是，格兰特所置身其中的是极端大男子主义的世界，妇女扮演着非常传统的家庭主妇角色；他的前妻就是安静而尽职的主妇，勉强糊口，专心照顾孩子。他的母亲，也是以大男子主义支持者而自豪（即使对孩子说话，她都会介绍汤姆·哈德温是“我的工程师丈夫”）。格兰特甘愿舍去自己所有的男性地位和权威是很难得的，他放弃启示录式复仇的决定——多数大清洗计划的主要成分——也同样是激进的。

就是在这独特、奇怪却吸引人的文件里，热爱森林的伐木工格兰特和有意识地反对空想的格兰特融为一体。保尔·哈利斯·琼斯，由木材巡查员转变成的森林救护者；西麦德教授，由森林技工转变成的研究和教育专家，以及其他有类似经历的人，也有类似的觉悟。但是格兰特和他们大部分人的主要差别在于思辨的激烈程度和环境背景。格兰特写道，他在麦克布利德附近的山上有过一次属灵经历，他不但被宽恕了原罪，并被选中代表所有生命的造物主向其他人类传达信息。这样的事件以不同名目不断出现在某个时间或地点。一二千年前，它叫做幻象或启示，公开宣布的人可能被当成傻瓜忽略，或尊为神灵，或像异教徒一样处死——有时上述所有情况都会出现。更近些时候，许多接受宗教命令者不会得到雇用，也不会被悬赏缉拿，但会被叫做“嗜好”。现在，有些被这样突然改变心意的经历迷惑的人将其叫做主显、唤醒或宗教经验，而专业人士会称之为错觉、幻觉或精神病症状。真相往往难以捉摸，而上亿人继续在生命中被这样的有缺陷的人物所引导，他们中的大多人——像耶稣、佛陀、穆罕默德和杨百翰——都确实仙逝很久了。如果他们现在还活着，或许会在大剂量药物疗法中憔悴潦倒，或者，如果幸运的话，他们会被送到卢考夫医生那里。

戴维·卢考夫医生是心理学家，曾在哈佛大学和加利福尼亚大学洛杉矶分校任教，现就职于旧金山的塞布卢克研究所，他设立了一个专业，治疗有着与格兰特类似经历的人。在此过程中，他还为这些有洪水般冲击力的个人事件杜撰了一个名词，有可能证明那是更有用的名词——“精神突发事件”。在这种事件中，人往往被允许进入著名人类学家和萨满教专家迈克尔·哈那所说的“非常现实”。虽然我们大多觉得这种经历令人担忧，但萨满教巫师却渴望获得它们。著名的民族植物学家威德·戴维斯，对记者发表评论说，“我从来没有遇到过一个没有一点精神病的萨满教巫师——那是他的工作”。像哈那和戴维斯一样，卢考夫非常熟悉这个临近的宇宙，因为他自己曾在那里度过一段时间。事实上，卢考夫曾经有和格兰特惊人相似的经历——他曾想象过一项修复地球的乌托邦计划，并有把它写下来、向全世界宣传的强迫性冲动（格兰特的“审判”至少传播到了三个大陆）。当时他 20 多岁，过了几个月的时间才重新恢复平衡，认识到他自己不是宇宙中心，而只是芸芸众生中的一个。不过，这次经历及其附带的痛苦结果，让他明白了自己的职业嗜好，并决定帮助现代的以西结们、圣安东尼们和希德嘉·冯·宾根①们，这些人毫无准备地被卷进灼热的来世觉醒状态。

1985 年，卢考夫建议给美国精神病学会《诊断和统计指南》增加新的项目，叫做“精神病特征的神秘经历”。卢考夫和他的同事发起增加该项目的原因之一是，最新调查揭示出了一些有关精神病人及其治疗者的惊人数据。尽管近四分之三被调查的病人表示，他们有时在治疗中忙于处理宗教或精神问题，三分之二在讨论他们的经历时使用宗教语言，100％受调查的临床医生说，他们在正式实习医师期间没有受过宗教或精神问题的教育或训练。当格兰特在坎卢普斯法医医院被问话时，这些发现被证实了。一个医生注意到格兰特把

① 12 世纪德国莱茵兰地区的一位修女，她的名声主要是因为她的异象，即指人的一种不寻常的体验，能够看到（感觉到）日常的自然世界中所不可能发生的事。

自己当作世界上有“特殊使命”的人，另一个只是确定他“对环境和与权威人士的抗争估价过高”。这是个武断的灾难性的评价：有人会问，如何能够“过高估价”空气和水？更为常见的是，我们倾向于被动接受能够使我们生存下去的制度的各种弊端，其中可以发现也许更为真实的精神疾病（或至少是心理精神的脱节）。不管怎样，这种经历可能解释格兰特对“学院派专业人士的敌意”。正如卢考夫写道，“无知、反移情和技术上的匮乏，可能会妨碍未经训练的心理学家，向有精神问题的客户提供合乎职业道德的治疗服务”。

1987年聘用格兰特在麦克布里德进行道路规划的热内·伦茨，很可能是第一个见到经历了最初的“精神突发事件”后又重回森林的格兰特的人。将他的顶尖承包人的惊人转变与化身博士和海德先生做对比的也是伦茨。在这段时期，格兰特灼热的信念有时会给相识的人留下以救世主自居的印象——尽管这种自命不凡会令人不安（或可笑），就其过程来看却是正常的。一流的意大利心理学家，专门研究心理和精神关系的罗伯特·阿萨吉奥罗，非常了解伟大的错觉往往伴随着精神突发事件。他在一篇题为《自我实现和心理困扰》的划时代的论文中写道，“这样混乱的例子，在与超出其脑力和人格的‘太大’的真理或‘太强’的能量接触而遭受困惑的人们中是很常见的”。如果圣女贞德或穆罕默德之子准博士阿尔瓦·哈比（瓦哈比教派创始人）被送到阿萨吉奥罗或卢考夫医生那里，欧洲和中东历史可能就要以完全不同的方式呈现了。或者也许不会有任何变化。这种个人遭遇的关键是，当他还为遇到外在强大力量而眩晕的过程中，他几乎是不可理喻的。这就是为什么这么多受此折磨和打击的人最终生活在诸如山洞、山顶或偏远小岛的可怜的狭小而封闭的环境里。

1994 年，距格兰特环球旅行和精神病学评价的一年后，《澳洲通讯》出版了最新版《诊断和统计指南》(四)，包括了卢考夫建议的项目，列于更宽泛的论题“宗教和精神问题”下面。四年后，卢考大创办了精神突发事件资源中心——有关此类事件的现象与治疗信息交流所，包括成功整合这些经历的人的病历。

美国在克卢左夫岛南端针对格兰特的搜寻又持续了三天，结果没有发现任何踪迹。海岸巡查队不得已收兵，然后联络格兰特的近亲。但是，当他们听到格兰特前妻说格兰特是富有野外生活经验的人，“可以以坚果和浆果为生坚持六个星期”，又开始怀疑格兰特也许还活着。三天后搜寻工作又继续进行。四天之后，有渔船报告，克卢左夫岛西北海岸有烟火升起，离格兰特原来的营地 20 多英里。海岸巡逻队被派遣出去，结果受到他们寻找了一星期的格兰特的冷遇。据巡逻队报告，“这个人的态度让我们觉得他真的不在乎是否被找到。”

如果格兰特的目的是逃跑，隐藏到俯瞰北太平洋的暴露在风中的岩顶、背后有一座休眠火山是不错的方式。沙漠之父们会赞成，即使搜救队不赞成。可是为什么格兰特选择如此暴露的位置还是个谜；也许他感觉这是与造物主的联系最为直接的地方，或是一种考验自己的方式。也许风浪的咆哮淹没了他脑海中的纷乱和喧嚣，就像在他砍倒金针云杉之前，耳塞会让周围的世界寂静下来。也许那是帐篷外惟一不会被蚊子活活吸干的地方。阿拉斯加昆虫使 6 月成了一个糟糕的月份。通常要时速五到十海里的风才能把它们挡在海湾，甚至那时，它们也会在你的庇护所上方盘旋，时刻等待风的停息。蚊子密集如云，可以形成某种形状。这也许是惟一自然环境中，可以顺风看并看见自己的影子被自己的血浸渍的地方。

据巡逻队报告，很多天来格兰特一直以蚌类和蛤为生：不受欢迎的营救者注意到格兰特营地后的灌木丛中丢弃着贝壳。格兰特说他把皮划子拖上岛南端的高潮线，决定"随便走走"。之后不久，风暴吹来，显然就这样把他的船吹走了。这样的风会把船带到很远的地方，他没有费力地回去寻找。自从10天前放弃了营地后，格兰特没了睡袋，所以一直宿在露天，除了身上穿的衣服，所有的一切就是一个装着火柴和一些咖啡的塑料袋。尽管有风暴，夜晚气温降到摄氏三十多度，格兰特还是感到很温暖、干燥，身体状况良好。

第十一章 搜 寻

树若是被砍下，还可指望发芽，

嫩枝生长不息……但是人会死亡，

会日渐消灭：他气绝，竟在何处呢？

——《旧约 · 约伯记》，14：7—10

第二次消失后，就更难找到格兰特了。但是，在随后的几个月里，一些人却坦塔罗斯式的（可望而不可即的）见到了格兰特。有人认为自己在百拉百拉，一个沿海岛屿极其偏远的当地社区，见到过格兰特。在那儿，像格兰特这样的人会特别惹人注目。有人认为他们在波特兰运河北端的海得见过格兰特，一个同样偏远的英国人居住区，格兰特会很适合在那里——事实就是。海得是美加边境的一个"虫洞"，阿拉斯加的这一小块土地只能由水路或英属哥伦比亚37—A 高速公路到达；正像州骑警所说，那是一个"每个人都是嫌疑犯"的地方。在 1996 年广泛的北方旅行中，格兰特在那里逗留过好几次。起伏的泥土路穿过镇中心，最后在冰川地结束，形成死路。这可能是格兰特特别喜欢的原因。格兰特还可能被海得强烈的挑战和反抗气氛吸引，在过去30年里，海得的美国和加拿大海关曾遭到枪击、烧毁，并屡次受到印第安和英国人的侵扰和袭击。一次，加拿大边境哨站遭受心理战行动干扰，包括用公共广播系统连续播放《北国寻金记》。由于刚好夹在沿海山脉之间，海得最初是藏身之地，据说尼斯加印第安人曾躲到这里以逃避海达人的劫掠。经过20世纪几次淘金热，海得又成了一个避难所。现在，镇上没有警察局，大约居住着100名认为隐私权和任意决定权高于一切的人，他们有点儿像金桥的居民。两个居民地都有共同的祈祷词：

> 主啊，再让我们发达一次吧。
>
> 我们这次保证不挥霍了。

3月，针对格兰特的第二张逮捕令下达——这次是由海得边境对面的斯图尔特的加拿大皇家骑警队发布的，格兰特被要求出庭，事关那斯河桥事故，罪名为“随意驾驶”——不过，那个日期也过去了。搜寻格兰特是个令人气馁的任务，人们没有什么热情了，格兰特没有杀人，也没有悬赏或报酬。而且，搜寻简直有如大海捞针，在海得和百拉百拉应该有几百个岛，数千英里长的海岸线，背后还有茂密的森林。一支甚至十几支部队都可以躲藏在这里。不过，所有分布在沿海的岛屿中，有一个小岛——玛利岛特别引人注意。

玛利岛长4英里，在鲁珀特王子港西北70英里处，雷维利亚希赫多海峡入口处，是阿拉斯加海运高速系统北部一段，从白令汉、华盛顿，沿英属哥伦比亚海岸一直延伸到斯加威和海尼斯。它以内部通道闻名，是北部沿海交通的要塞。全年有数百艘渡船、游艇和渔船小心地通过这个密集的海峡网络；在夏天，还有巡航舰队和帆船行驶其中。尽管听起来非常繁忙，它仍然是一个无名的地方——只是一个通道，而不是目的地。这个地区实际上无人居住。鲁珀特王子港和凯芝堪中间没有大船停泊的地方，但有很多地方可以藏匿皮划子。如果格兰特向边境逃跑，几乎可以肯定这就是他的必经之路。

马萨特出庭日后一个月，人们发现有一个人困在玛利岛，但不清楚被困在那儿的原因。没有人报告失踪，没有人了解他旅行的任何事情。此人和格兰特相貌接近，甚至同年出生。他解释说，在从凯芝堪到海得的途中，他的充气小船在恶劣的天气里被打翻，搁浅了三天，只得以蚌类和溪水为生。现在饥肠辘辘，脚被霜冻伤。他说自己的名字是丹尼斯·哈令顿，不过也可能是丹尼斯·罗。这些细节与格兰特足够接近，同时也足够粗略，人们马上联络了加拿大皇家骑警队，但是最后他们断定那个哈令顿(罗)是另一个人，可能是在附近发现的运输很多袋大麻的那艘遇难船上的幸存者。大约同时，玛利岛临近的陆地海滩上，一个头骨出现了，上面有一个孔，是子弹打穿的那种。碎片被拿到验尸官那里，确定死者太老了，不可能是格兰特。事实上，更令人信服的是中吉特部族的理查德所描述的遭遇，他是被采访的海达独木舟战斗中的惟一参加者。

理查德大约 1850 年出生于夏特尔岛。它位于斯基德盖特海峡入口，格兰木岛西南岸。理查德是鹅卵石镇人，在阿拉斯加住过一段，为哈德逊海湾公司工作过，后来回到岛上，在斯基德盖特米申安度晚年。在那儿，1900—1901 年冬天，美国民族学者和人种学者约翰·R. 斯万通结识并采访过理查德。在美国自然历史博物馆和美国政府人类文化部工作时，斯万通对北美印第安部落进行了大量的调查，搜集了最原初的海达历史和神话。他还搜集了下列和荷马的《伊利亚特》时代接近的记录。

1879 年理查德参加了对特林吉特的一次袭击，那是一个阿拉斯加大陆部落，海达的仇敌。那是一次复仇行动，为了和特林吉特算账，理查德和他们两艘独木舟的士兵沿格兰木岛东岸北上航行 150 英里，经过狄克逊海口，到达特林吉特领地。他们的刀挂在脖子系索上，打仗时就连在手上。还带着长矛和步枪，弹药筒系在腰间。萨满教巫师也和他们一起，他的任务之一是在战斗前“鞭策他们的灵魂”。

在雷维利亚希赫多海峡附近某处，海达人遭遇一群妇女和特林吉特武装士兵，他们乘着一条“大到里面的人数不过来”的独木舟。特林吉特人看见海达家人，立即划船离开，一边撤退一边开了两枪，一枪打中理查德的哥哥。海达人作出了有力还击，杀死了特林吉特的舵手，然后又杀死两个特林吉特人。一颗子弹轻微擦伤了理查德的头皮。特林吉特人无心恋战，就用动作示意海达人休战停火。但是一艘海达独木舟不予理会继续追赶，当两船靠近时，一个特林吉特战士站起来，威胁要向他们射击，一个海达人马上用骨制梭标射中了这位战士。“他扔掉了枪”，理查德叙述道，“那特林吉特人迅速坐下。他拔出梭标，内脏一下子裸露出来。他斩断梭标，准备再向伤口刺时，海达独木舟上的人跳了进来。”理查德所乘的独木舟也加入战斗，演变为全面的刀战。

杀死了一些特林吉特人后——包括那个把“内脏留到我身上”的人——理查德肩膀被刺中。“疼痛使我的内脏都揪在一起。”战斗持续了一段时间后，“一个没有刀的年轻人在船头用手势向我投降。我将他拉起扔到我们的船上。另一个人过来，我刺中了他，但只擦破点皮。他立即上了我们的独木舟，甘愿做奴隶，他的背上刻了标记。”这个他很勇敢的人显然是声名狼藉的特林吉特酋长，名叫严。当宣布首领自愿做奴隶时，特林吉特人震惊得骨头都软了。

> 后来，一个特林吉特人躺在我们的一个年轻人身上。我推开他的刀，砍掉了他的头……我朝船尾看，他们都做了奴隶。我走过去，看到一个女人。她腿上中了弹。我没有要她。财产立即被劫获。他们带了9个砍下的人头到另一条船上。一共只有9个奴隶。当斯加威的酋长带了5个人头到我们船上以后，他们发现错了，于是他就停了下来。他们要去了所有的财物。
>
> 在我们争吵之处的前面，一条鲸鱼和幼鲸在游动。我们开枪杀了幼鲸。拿了鱼油到辛普森港去卖。买了很多东西……
>
> 士兵来了。他们一边走，一边唱军歌。我很难明白。我的两个弟弟被杀，我和他们唱的不同。

而后，胜利的士兵——其中一些伤得很惨，再次通过狄克逊海口，在那里遇到一帮马萨特海达人，马萨特海达人因欲攻击特林吉特人对中吉特部落士兵发起了进攻。马萨特试图夺回鹅卵石镇新近获得的奴隶，这导致了两个海达帮成员的战斗，但战斗被中止了。最后他们一起尴尬地吃饭，虽然吃饭时双方都不肯放下武器。马萨特人拿出烟草、大量毯子和武器来换取缴获的战利品——严酋长，但是鹅卵石镇的人拒绝交换。尽管理查德父亲的很多亲属住在马萨特，形势仍然很紧张。“我们那天整夜都不敢睡觉。一部分人在岸上。我全身还有打仗留下的血渍。”早晨，他们划船经过斯基德盖特村返回家中。斯基德盖特村的居民以阻截其他海达袭击队和偷盗他们的奴隶而闻名。不过这次，他们一直待在岸上。“战斗后，我们许多天晚上都唱胜利的歌，”理查德总结说，“这就是故事的全部。”

因为这种小规模冲突频繁发生，无法知道验尸官是在检查哪个人的头颅，任何想在世界的这一地区做法医的人都会遭遇到同一个问题：西北海岸取证相当困难。兰迪·麦克范伦警官是阿拉斯加州骑警队的杀人案侦探，他在美国方面负责格兰特案件。他面临的挑战和城市同僚完全不同。“在阿拉斯加，要干掉一个人是很容易的，”他说，“尤其在东南（阿拉斯加锅柄即狭长地带），那里到处有人死亡。当地人口密集，有一大堆没有侦破的命案。取证简直就是大海捞针。”战斗还没有查清楚，证据就被自然清除掉了：“有这么多事情会发生，”麦克范伦说，“这么多种野生动物会吃光尸体。”

熊会提起重物，老鼠、海鸟、老鹰和渡鸦会在骨头间啄出肉。螃蟹和昆虫会处理剩下的部分。在雨和食腐动物之间，法医判断的最佳时间也只是几天——如果有的话。“如果他的确翻船了，”麦克范伦说，“什么都不会漂浮上来。这里有深海海水，在冷水里，沉落的东西会停留在那里。”

不管尸体是否沉没，并且，用海上救护用语说，尸体是下沉变为一艘“潜艇”，还是上升变成“帆船”，食人——这是海把人消耗掉的技术术语——几乎会立刻开始。因为沿海生物丰富，由虾、海虱、角鲨鱼和螃蟹构成的侵略性组合可以 24 小时内剔空尸体。所以在这里溺水的人很少能被找到。如果尸体能够浮出水面，通常是因为死者是在较浅或较暖和的水域溺水的，内脏分解产生的气体把他们带回水面。如果沉到特别深的植物和其他海生物的厌氧性区，尸体也会分解。在这种情况下，皮下脂肪重新组成一种密封剂，有时叫做“殡葬蜡”。这样，尸体可能会不可思议地保持完整无缺。失踪的潜水员十年后在这些水域被找到时，他们的尸体还在海底“巡游”。

4 月 4 日，鲁珀特王子港皇家骑警队收到调查格兰特牙科记录的命令，但是记录不匹配。5 天后，在沿海张贴了寻找格兰特的失踪告示，4 月 12 日，巡航机再次搜寻港口北部海岸。至此格兰特已经失踪了两个月了，这是风暴前的平静阶段。告示没有带来任何线索，也没有发出继续搜寻的新命令。很多人猜想，格兰特不是淹死了就是逃出了国境。似乎现在无论如何，金针云杉已经复仇了。与此同时，一些非同寻常的事情正在海达瓜依发生。

欧尼·克里森曾把金针云杉描绘成“长生树”。茨基吉仙长者中有人说，金针云杉不是在那个地点生长的惟一同类的树，在它之前还有一棵金针云杉。这是另一个很难用理性方式解释的故事。它引起人们对故事和我们相对现代的线性时间概念之间关系的疑问。也许这不是一个已经发生了的、因此被局限为过去的故事。也许它是海达意义上的故事，其中时间更像螺旋或树的年轮一样。西北海岸各民族中有一个谚语:“世界像刀刃一样锋利。”罗伯特·戴维森,负责雕刻马萨特第一个后传教时期的图腾柱,想象这个刀刃是圆形的。“如果你生活在圆周上,”他在一部记录片里解释说,“那就是现在的时刻。圆里面是知识、经验,即过去。圆外边的是还没有经历过的。刀刃非常精细,所以你只能活在过去或未来。真正的诀窍是要活在刀刃上。”就是在这个地方,戴维森这位活着的最著名的海达艺术家,度过了他的大部分时间。育空人认为有不止一棵金针云杉的看法,也许既是历史的版本也是未来的版本,因为现在金针云杉似乎又会生长了。

海达人没有意识到这点,但 30 多年前,神话和科学是相互冲突的。1997 年 1 月 25 日,两者在一个叫做布鲁斯·麦克唐纳的英国人头脑里相遇了。那天早上,英属哥伦比亚大学生物园主管麦克唐纳,在温哥华《太阳报》上读到一个惊人的要闻:“传奇树丧命让居民难过。”

英属哥伦比亚大学在温哥华以西 5 英里,坐拥半岛的一端,占有很宽的一片主要房地产。大学的 110 英亩生物园在校园的边上,那里有 10000 多种植物,并且可以俯瞰万库弗岛的乔治亚海峡和华盛顿州的奥林匹斯山。当麦克唐纳在那个清明冰冷的早晨读着《太阳报》那篇文章时,他的脑中迅速闪进生物园本地植物区一片阴郁的山坡森林地,在那里有两棵小西加云杉的针叶正在奇异地转变成金黄。即使这样,在这样广大的背景上,它们也很容易被忽视。因为它们生长在林荫处,它们金黄的特性与周围环境不调和到了极点。加上容易向侧面生长的体质,使树看起来似乎有点驼背,且是一副弱不禁风的样子。在未受过训练的人眼里，它们是需要重点铲除的树木。

麦克唐纳对树的出处一无所知，因为它们最初被种下时，他还在英国。不过他立即去查看生物园的补充目录，看看是否和报纸上读到的树相关。大学补充号18012—0358—1978，记录为“金针西加云杉”，来源为夏洛特女王群岛。它们一定是来自同一棵树。结果显示，这标本是完全被忘掉了的三个人的遗产：戈登·本瑟姆，业余针叶树热衷者；奥斯卡·斯基克莱，匈牙利植物遗传学者，还有罗伊·泰勒，原芝加哥园艺社主席和植物园园长，也是麦克唐纳在英属哥伦比亚大学的前任。1968年，他成为大学植物园园长的同年，泰勒与人合作出版了2卷800页的夏洛特女王群岛植物纵览。他在书中没有提到金针云杉，但是已注意到了它，并希望为大学拿到样本。他最后会得到两棵这样的树，但要10年以后。结果表明，金针云杉真的很难再生。

早在60年代初，麦克米伦·布洛得尔公司高级林务官就想为公司在万库弗岛的植物园繁殖金针云杉。他们的兴趣碰巧吻合了一个大胆繁殖培育树种的新时期，公司正在寻求发展花旗松这样的“精英”树种，从最佳的野生品种中筛选培育。为了达到目的，公司留用了树种培育领域的先驱奥斯卡·斯基克莱，他是匈牙利苏普让林学院250名学生之一，也是学院教授之一。1956年革命失败后他随大量移民来到加拿大。在公司的支持下，他们主持初期林业项目，后来成为教授。在他的职业生涯里，参加过欧洲和亚洲范围的科学协作和交流活动。1986年成为中国林业科学院第一个外籍成员。斯基克莱最早对金针云杉的兴趣在于是否它的金色特性会遗传下去。不过，仔细观察表明，此树是不能繁殖的。它的松球果很少，它们的种子似乎都不能成活。这一细节符合海达故事中说的曾经有两棵金针云杉，另一棵是“雄株”，不能繁殖。

在1998年去世前不久，斯基克莱博士告诉记者，他去看过金针云杉多次。有一次，“海达公主带我到树旁边说，‘如果树死了，海达民族也会消亡。’”当时，斯基克莱是优秀的科学家，并和全国最大的木材公司签有合同。但过了30年，他还记得这次偶遇。也许这是另一个使他对树感兴趣的原因。不能保证克隆树的尝试会成功，但是如果可能去做，斯基克莱是最合适的人选。这个任务被交给了他，只有一个条件——要保守发现的秘密。树被砍倒后不久，他对记者说：“不许我对公众说我可以培育它，他们专心守护着这棵树，觉得公众会把树夺走，它会消失。”

“如果我们开放它，”原麦克米伦·布洛得尔公司林务官格兰特·艾斯库说，“我们除了树桩什么都留不下。”

20世纪60年代，西海岸人工繁殖培育树木还不被广泛理解，没有对西加云杉进行任何研究，因为当时西加云杉没有商业优势。更多使用的方法是剪枝——把幼芽从理想的树上剪下来，直接种植或嫁接在别的根茎上。无论哪种方式，其残酷过程都是以步枪射击开始，那是从大树截枝最容易的办法。斯基克莱教授尤其以他的射击技术闻名，他带着他的雷明顿泵动散弹枪，可以从几百英尺外发射出某些松果。40年前培育者不知道的是，云杉的每部分都发出自己的遗传和激素指令。像狗一样，西加云杉越老，就越难以学会新的方法。像严格的社会等级制中的一个成员，一条树枝从不会忘记它的社会等级位置。这样，如果你发现的幼芽从金针云杉一样老的树干的较低层树枝长出，它会继续尽力完成作为那树枝的使命，即使被嫁接到不同的根茎上或垂直种植。人们最后才发现靠近树顶的树枝更容易适应新的角色——即生长成上层树枝或树干(那是繁殖者一般想要得到的)。因此，当芹叶钩吻、雪松或云杉的顶部被吹落，你往往会看见，最顶上留存的树枝会向上弯，代替失去的上层树枝，使树看起来像巨大的枝状烛台。

斯基克莱用促进生根的激素处理截枝，把它们直接"安置"在土壤里，而不是嫁接，可结果很令人灰心。种植的两打截枝中，只有一半生根了，然后前景更加糟糕。根据 1974 年麦克米伦·布洛得尔公司的时事通讯，尽管"小心翼翼的护理和关注"，只有三棵原来的截枝保持了"金黄色品质"，但没有一棵以正常速度成长。通讯说："自然似乎不情愿复制一个稀有的美丽错误。"(其中一个松果曾被秘密地拿给麦克米伦本人看过，可是不久就死掉了)虽然斯基克莱不断尝试，却鲜有成活。尽管将近 40 年了，长势最好的还不到 20 英尺高，它垂直生长的惟一的原因是树木要用它的第一个 10 年来加强树桩。这里显然错过了些什么，人们首先想到的是湿度和云翳，因为大多截枝种在英属哥伦比亚南部，但可能也有一些更难以捉摸的，也许不可言喻的因素。

1792 年，美国毛皮商船“哥伦比亚”号和圭基陶战舰在夏洛特女王海峡的战斗。

1914 年，英属哥伦比亚中海岸的努司卡克独木舟(爱德华・S. 科提斯拍摄于改编剧)。

北海滨勇士
的全套装备。

剑柄有鹰纹饰的海达战剑。
A. 麦肯兹在马萨特收集。

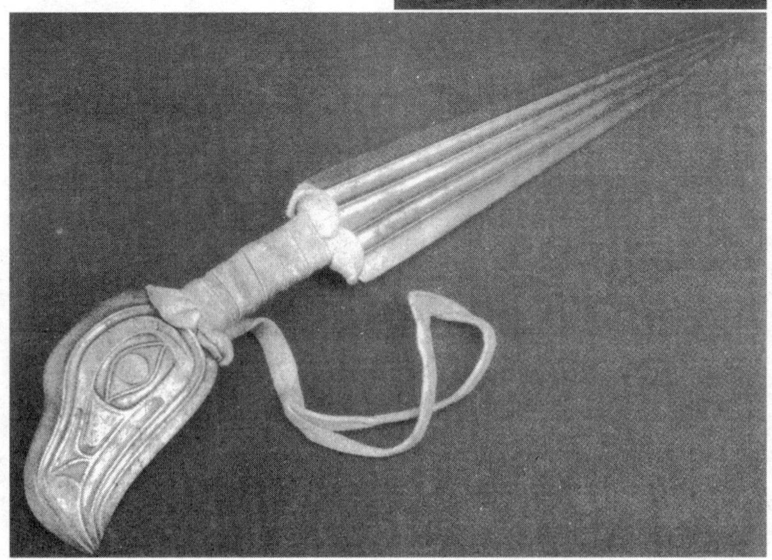

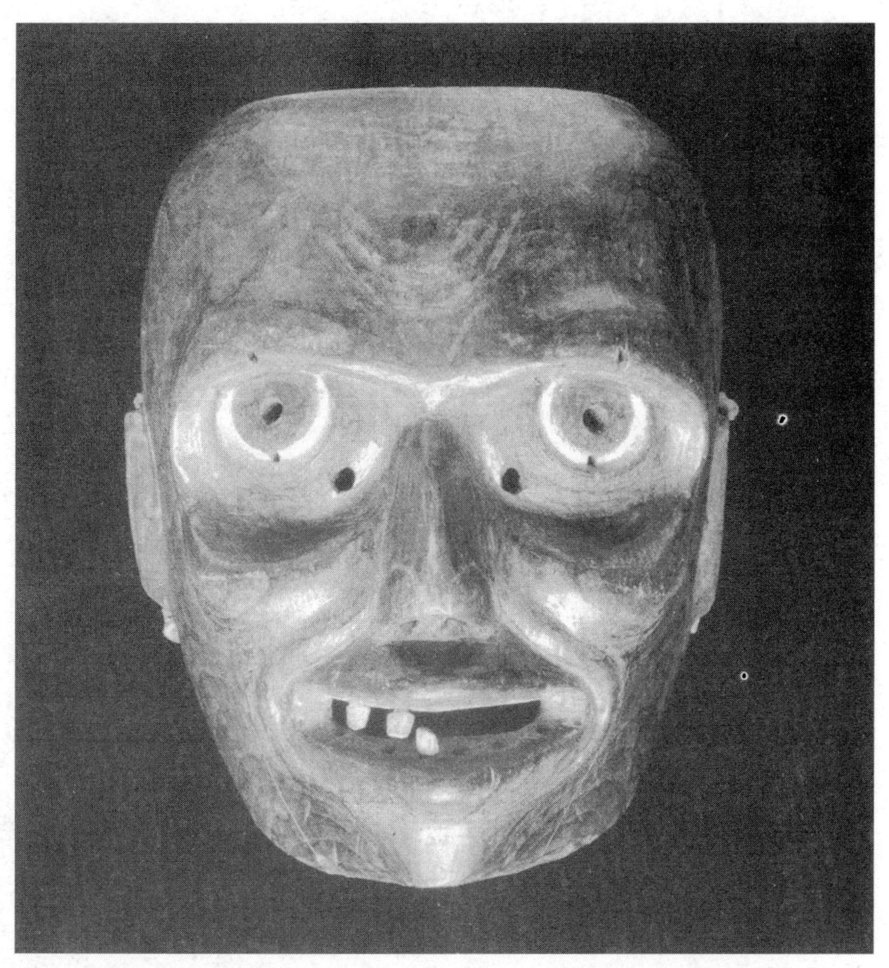

舞蹈面具代表凯基德，一个被冬天几乎溺死在海里的经历困在人世与精灵世界之间的人。以色列·W. 鲍威尔 1879 年在海达瓜依收集。

1900 年，牛队在“滑道”上拖着原木穿过现在是温哥华市中心的地方。

1935 年，铁路展示会上伐木工和刚装载的 50 吨原木。

1925 年，站在跳板上的海达伐木工和海达瓜依西加云杉。

1925 年，高架牵索人砍掉树顶(a)，休息(b)。

伐木工在冬天的雨中望着“寡妇树”。

代表伐木业未来的伐木集材机：小树和大机器。

海达瓜依，皆伐的伐木路和之后的冲蚀。

格兰特·哈德温游泳归来，1997 年 1 月 6 日，于鲁珀特王子港，灯心草溪浮标。

格兰特·哈德温在鲁珀特王子港登上皮艇，1997 年 2 月 12 日。

跨越边境，阿拉斯加海德尔，格兰特·哈德温去过几次的地方。

列奥·盖共，茨基吉特酋长候选人（右）和儿子，2001 年在金针云杉树桩旁。

南斯汀斯的死亡图腾柱，瓜依哈那斯国家自然保护区，海达瓜依。

斯凯雷纪念柱，金针云杉代言人。由酋长吉姆·哈特和助手雕刻，2003 年 3 月 29 日立。

第十二章　秘　密

亲爱的朋友，理论是灰暗的，

而绿色才是生命的金树。

——歌德，《浮士德》

从物理学角度看，我们都是反叛者，因为我们活着就在强有力地抗拒地球引力和统一性，所有物质的存在都必须最终符合这两个基本定律。但树是最伟大的这种双重挑战的活的象征。树木同时具有光合作用和向地性，也就是说，它们的生命程序不仅寻求朝向正午太阳的最近路径，而且还完全反抗向下的重力。因此大多树木生长得笔直、平衡并相对高大。而且，它们不屈不挠地追求这些根本的目标，有时会坚持数千年。这样看来，可以断定树木以最单纯的方式代表着渴望和理想。只是通过敢于扎根并成长，它们怒吼："我们如此拒绝地心引力和熵。"

很多人从树木和森林获得灵感，我们常常想象它们是平和而宁静的避难所。但这是有欺骗性的。实际上，森林是无情竞争的地方，在那里，树木，甚至同一树干上长出的树枝，都为获取最佳的位置进行生死搏斗。那些光合作用最快并最好的，即是这种争取空间和光照的慢动作竞赛的胜利者。光合作用，是从阳光和二氧化碳生产可用能量（碳水化合物）的过程。发生在叶子或针叶上的这种光合作用，是极端复杂的过程，部分包括分解二氧化碳分子。我们的生命实际上也依赖光合作用，因为树是通过分解二氧化碳气体制造我们赖以生存的氧气。对阳光无法抗拒的需要是西海岸针叶林迅速长高的一个原因。相反地，当这样的树离开它的邻居孤独生长时，生长会集中于圆周而不是高度，结果出现比森林中瘦削的竞争同类更肥大、茂盛的版本。

但是不管一棵树看起来多么旺盛，大部分也可能是错觉：像地壳一样，一棵树活的部分只是一层薄纱罩在无生命的物质上。与直觉相反，死树、真菌、菌类、蘑菇、无脊椎动物和细菌，似乎包含更多的生命物质。一棵健康树活的部分大约只占整体的5%，其余只是脚手架，正像珊瑚礁一样。在叶子和针叶之下，一棵树实际是一系列的同心管，各自具有特定的功能——防御、脉管和组织结构。

最外层的管——树皮——和我们皮肤的作用差不多，它保护树木不受外界如动物、昆虫和火袭击，也帮助树吸收液体以维持生命。树皮的厚度根据需要而不同，如山毛榉树皮不到1英寸厚，而大花旗松树皮可能厚过8英寸。花旗松生长在西北较干燥的土地上，较厚的树皮可能像阻燃剂一样阻隔外界的侵蚀。这种树皮很重，砍这种树的伐木工偶尔会被倒下的树皮“墙”砸死。树皮下面是导管系统，厚度与一块纸板相当。光合作用发生在叶子和针叶上，碳水化合物被吸引到内部供养树的其他部分，树木生长需要的额外营养以水的矩阵形式从土壤中吸上来，通过蒸腾分布到树干和树枝。这样，树就像巨大的吸管，内部有很多可以再分的衬里。就拿西海岸的大树来说，单个水分子要一个星期或更长时间才能从根部流通到树枝，而这样的树每天可以释放数百加仑水到空气中。在适当条件下，森林可以产生自己的雾和雨。

像三明治一样被夹在导管系统里的是形成层，只有一个细胞厚，就是这个轻如薄纱管状组织，使一棵树的木质形成年轮。在形成层和导管层之间是“死的”树心；它的细胞可以容纳和运输水分，但是在树的积极建设和保养意义上说，它们不是活的。随着时间推移，这些细胞中的水分被坚硬的叫做木质素的环氧类树脂替代，从而增加树的强度。这是树的纤维素，是相当值钱的东西：可以制造种类惊人的产品——天然粗糙的如木炭和木材，细腻精致的如人造纤维和玻璃纸。即使这样，当你比较一棵树构造的优雅、经济与复杂性和我们正在尝试的各种开发利用时，我们看起来就像穴居野人围在一起敲击木棒。

光合作用是真正的自然炼金术，它使植物用空气、水和光建造自己——别的什么都不需要。怎么看都是惊人的高超技术，但是，当考虑为了建造美洲杉、红杉或西加云杉而必须要产生的物质，这种理解的价值就降低了。不过，对金针云杉而言，光合作用的能力受到了严重损害，因为暴露于阳光的针会让自己的叶绿素完全耗尽。叶绿素是叶子和针上的绿色素，使光合作用成为可能。说到它转化能量的能力，金针云杉的损伤可以和一个人正常情况三分之一的肺相比。因此，没有人能十分肯定为什么金针云杉能够和健康的树竞争300年，为什么能够长到超过160英尺高。

一棵树表现出这种明显的黄色叫做变色病，虽然健康树种枝或芽变色并不少见，就像理论上大黄蜂不应该会飞一样，整个树变色并存活下来是不可能的。变色病和类胡萝卜素的健康和正常有关——所有光合作用细胞里都有的形成红、黄和橙色素的碳氢化合物。尽管它们的名字听起来很陌生，多数人一看到就能认出来。类胡萝卜素（和“胡萝卜”有相同的词根）使落叶林在秋天呈现绚丽的颜色。这些色素常年都存在，但只在冬天叶子枯萎时才可见，因为它们比通常主宰叶子颜色的叶绿素分解得慢。不过，在针叶林里，它们起着谦卑适度的衬托作用。正常情况下，这种树种很少明显表现它的类胡萝卜素——因此获得“常青树”的绰号。这种规律的例外最多出现在死亡和病态情况下。

变色病可能由很多因素造成，包括贫瘠的土壤、虫害、环割（典型的，致命的剥掉一圈树皮），光线太强或太弱，水分太多或太少。但金针云杉完全没有经受上述苦难。它不但高大而古老，在西加云杉中都算是“成功的”优胜者，生长在理想的云杉栖息地的周围所有的树木也都健康成长。由于缺乏变色病的外在原因，所有证据指向树的内部环境。没有遭受病态和反常，金针云杉很可能有某种内在固有的缺陷，容易影响类胡萝卜素。类胡萝卜素的作用之一是阻隔紫外线光，作为一种天然的遮光剂——局部臭氧层——来保护对紫外线更敏感的叶绿素。在没有类胡萝卜素阻隔紫外线的植物里，叶绿素会分解，导致植物死亡。当然，只要这样的树保持于荫蔽处，防御性的类胡萝卜素就不会受到考验。如果直接暴露于阳光中，缺陷就表现出来。当无防备的叶绿素退化，针的绿色也就消失了，只剩下失职的黄色类胡萝卜素，无法独立进行光合作用。在普通光条件下，这些黄色的针(仍然活着)往往会被烧坏并落下。金针云杉表现出的这类萎黄病和白化病相似，但更近乎于干皮病，这种非常稀有的皮肤疾病使紫外线变得致命。尽管对正常生命极具破坏性，但是患这种病的人可以通过避免阳光照射来保护自己。不过，同样状况的树则处在左右为难的境地:对光的本能需求会置它自己于死地。

不知怎样，金针云杉违抗所有逻辑而长得足够高，可以接受太阳的全部能量，而没有在这个过程中被杀死。它也没有以任何形式被严重阻碍或延迟发育，它具有同样条件下正常同龄树的高度。颜色不是它惟一与众不同的地方，金针云杉成熟时表现出另一种特性。正常西加云杉不仅是杂交的——和任何云杉近亲繁殖——它们还是雌雄同体的，意思是每个个体产出自己的胚珠和使之受粉的花粉。但金针云杉两样都不出产，它实际上是无性的，不结果实，是一次性的。这样的意外再次发生或成功的几率几乎为零。

金针云杉不仅不结果，而且和正常的同类有本质的差异，它还呈现明显不同的形状。正像前文所说的那样，西加云杉不是特别整齐，不像很多针叶树种一样，它们自然地倾向懒散的不对称。但是，金针云杉拥有树篱般密集和无特征的圆锥形状。“它太完美了，”海达银器匠和伐木工汤姆·格林说，“它看起来像修剪过的树。”美国森林和土壤科学家埃德蒙·派基，在海达瓜依待了几年并且很熟悉树，他推测金针云杉紧凑的锥形外观是自发的适应，以便减少向外任意生长的树枝必须经受的紫外线暴晒。金针云杉的照片可以支持这个理论，能够看出冒险伸出金黄色安全区的树枝死掉、变白的残迹。

像医生一样，植物生理学家无法解释这种没有病理症状的奇怪行为。如何理解样本看起来“有病”但实际上安然无恙？植物学家只知道用（生物物种的）“突变”解释这种奇异现象。但是，不分析植物的DNA，这最多只能作出模糊的解释。树像人一样，理论上可以因不可见的突变而令人费解，只要不影响个体的外表或健康，突变就不会被发现或识破。为了彻底揭开这个谜，一位年轻的森林人格兰特·斯科特写过有关金针云杉的毕业论文。60年代中期，斯科特被英属哥伦比亚大学森林学院录取，两个夏天都在海达瓜依巡查木材。那期间，他深入了解了育空谷，不仅认识了金针云杉，还在河上游10英里处发现了它最大最知名的同类，就在东岸几乎相同的位置。这棵西加云杉表面上是金色的，但不那么一致，而且更像典型的云杉形状：高100英尺，几百年树龄。可以说，在那种情况下，它更像人们预期的突变异种。除了这棵，还有另外几棵“金针”云杉传说生长在岛上。但像格兰特·斯科特发现的那棵一样，它们都不像长在育空河北岸的那棵传奇之树那么高大、金黄或形状独特。

回到温哥华，寻找论文题目时，斯科特意识到自己真正想研究的是这种非凡的树。但是他很难说服教授认识到金针云杉的价值，教授们更多地关注于伐木业。如果不是忙于应付大学生，奥斯卡·斯基克莱可以当导师。这时，一个来自耶鲁的年轻教授约翰·沃奥进入了斯科特的视野。沃奥也是英国人，与布鲁斯·麦克唐纳同时代，受聘于英属哥伦比亚大学教授植物生理学。他积极鼓励斯科特追寻金针云杉之谜,同意给予资助。斯科特论文论证的目标是,首先,阐明为什么金针云杉是金黄色,其次,说明在极度残疾的情况下树是怎么存活下来的。根据斯科特的研究,最根本的原因在于叶绿体,这种细小亚细胞体对植物的作用就像光电池对太阳能机械的作用。光盘形状的叶绿体产生叶绿素,从而进行光合作用。树上的针叶本质上是叶绿体的交通工具,像太阳能电池板;它们设计合理,以便充分利用阳光,使叶绿体在整个白天都能定位在针叶内。斯科特认为,缺陷在于和叶绿体结合的蛋白质。它们通常功能正常,可一旦暴露于阳光下,就会变异,导致叶绿体的效率危险地降低。幸运的是,金针云杉的针叶没有直接暴露,这使得它们保持了完整,能够依靠反射光存活,甚至茁壮成长。

在海达的经历和海岛自然力量的影响使斯科特没有从事伐木业,而是成了谈判代表和林业顾问,专门为北部沿海部落工作。“每次回到那里,我都感觉仿佛是第一个闯入者,”在乔治亚海峡一个小岛的家里,他解释说,“只是想去看看下一个山中有什么。当然,”他补充说,“你知道,现在那儿发生了什么事情了。”他是指皆伐。

树,像人一样,不断变异,染色体骰子的每一次滚动,都会造成严重的灾难。金针云杉的变异并非少见,许多树木某个时候都会遇到金黄的种子——育空物种的生命力真是奇特。这种变异独特地适应海达瓜依沉重的云罩,海达瓜依也叫做云雾岛。金针云杉择河岸而居可能也符合其他先决条件:除了特别富饶的湿润土壤,还受益于一种叫做反照率的现象。

当太阳辐射遇到物体，就被吸收或反射——通常两种情况都有一些。反射的那部分百分比叫做反照率，它会随所讨论的物质的反射率波动。例如，新鲜的雪，有 75%～95%的反照率，因此登山家鼻孔的内部可能被晒伤；另一方面，在公路上有 10%～15%的反照率，不算高，但路面会比地狱还热——就像海滩的沙子。水面反射的阳光仍然包含促进光合作用所需的一切（光谱可见的部分叫做光合成有效辐射），但是它的波动依赖于太阳的角度：低角度的早晨和冬天，光有更高的反照率，接近 100%；而在盛夏的中午太阳的反照率低于 10%。水面状态也是一个因素，但育空河像玻璃一样平静，流经树木时不会怎么减弱潜在的反照率。如果附近有很多高大的树，惟一映在育空河面的阳光是高角度的夏天正午的太阳，它就转变为低反照率——对于像金针云杉这样受不了紫外线的树，这可能正是医生希望的。可以想象，即使面向空中的金黄针叶没有完成使命，下面的绿色针叶也能因反照率而得到滋养。虽然机能不良，金针也会有所贡献。一般针叶林的反照率只是 10%左右，金针云杉则高出很多。在用照相机光拍摄的倒下的树的电影胶片里，针叶的反射使人眩目。也许，金针云杉的缺陷反使它幸存下来，通过将较高的——但不致命的——反照率反射到正常的针叶上。

但即使最终情况是这样，又如何？从口头流传的海达历史、神话和寓言的角度看，这种思索不过是植物学家的室内游戏。如果你要分析不是有一个而是有三个可见缺陷的树的数学几率，其缺陷不仅影响到物理构造和光合作用，而且影响到其再生能力——还有可能使之存活和旺盛的环境因素——你会遭遇到无穷的困惑。“奇迹般的"这个词就会合理地出现在脑海里，而在这个版本的金针云杉故事里，奇迹的确是需要的。

黑泽尔·西曼是海达艺术家，她制作有纽扣装饰的毯子（正式披风），她的专长是制作描述金针云杉故事的毯子，卖给海达人和海达艺术品收藏者。她能流利地说海达语，是在传统环境里长大的最后的岛民之一。20世纪50年代，她还是小孩时，家族的老人告诉她，她将要成为毯子制作者。"他们甚至不让我煮饭、钓鱼，"她说，"他们不想让我分心。"

按照传统，毯子披风的制作者都是女人，但是她们使用的复杂严谨的图案几乎都是男人画的；它们那时一般是嵌花的，用黑色和红色塑料或鲍鱼壳做出轮廓。但西曼的毯子完全不同，它们以木头、棉花、鹿皮和小山羊皮为底，用金色珠子、铜和黄铜片、鲍鱼壳、石块、骨头或任何能找到的东西为装饰。当她做金针云杉披风时，根据所描述的金针云杉故事的不同部分，它的树干也是一个男人或女人的躯干。西曼说，第一棵树是女人，第二棵，也就是格兰特砍倒的那棵，是男人；是那女人的侄子。西曼说，他们是天花瘟疫惟一的幸存者，他们清楚自己的部族注定灭亡，而魔力已经消失。因此，他们要求灵魂留下这种魔力存在过的标记，以便未来的人类，不论是谁，能够了解曾在这里生活的人和他们所拥有的力量。姑姑先死了，侄子把她埋葬在育空河岸。一棵金针云杉在姑姑的墓地上长出，是雌株；它活了约300年，然后被闪电击倒。那时，侄子也很老了，身体不好，他来到姑姑的墓旁，等待死亡的降临。他死后，另一棵金针云杉长出来。这是一棵不能繁殖的雄株——是最后一棵。

在这个故事版本里，时间和事件显然是灵活的，不过仍然诱导人们询问这样的奇迹是否会发生。在《圣经》里当然有这样的奇迹，上世纪大多数海达故事讲述人都熟悉《圣经》。常识会给予否定答案，科学家说在理想的条件下，被种在容易培植的土壤里的云杉幼芽也能生根，但很难找到比育空河谷接纳性更强的土壤。老鹰和渡鸦很常见，经常停落在树顶，用有力的喙夹断树枝。可以想象，一条被夹断或折断的嫩枝从“第一棵”金针云杉顶部下落，茎朝下插入肥沃腐烂的原木，或森林中的腐殖质里。当然几率很小，但也不比原来的金针云杉存活的几率低。正是容纳了这种种难以置信之物，海岛及其周边地区才变得如此与众不同。

直到100年前，金针云杉和北美驯鹿还共存于雨林环境之中。1908年前，最后四只北美驯鹿被猎人射杀。格兰木岛还有道森(加拿大西北部城市)驯鹿，很可能是最后冰河期后被困在岛上的亚种。在赫卡特海峡另一边，长公主岛周边一个封闭的地区和邻近的陆地上，生活着一些独特的白色黑熊——“科莫得熊”。据科学家说，这些“科莫得熊”是隐性基因作用的结果——不是白化病，它们占当地熊的数量的10%，一般和黑色同类繁殖。

附近，在同样的水域生活着世界上最大的章鱼(太平洋巨人)，是已知大批生存过的章鱼的最后残余。巨大而奇异的生物可能生活在赫卡特海峡的最早标记出现在1984年，当时加拿大地理考察队的科学家正在绘制海底地图。他们使用声纳成像，观察到某种异常声音产生的“没有任何相关内部反射体的无定形、不规则的地震信号”。结果发现这神秘的信息源是巨大的史前海绵体，覆盖着赫卡特海峡几百平方英里的海底，夏洛特女王海峡南部。在这个残迹发现前，人们认为这类硅土的（玻璃）海绵礁已经绝迹 6500 万年了。在 14000 万年前，最兴旺的上个侏罗纪时代，它们分布在海洋底数千万平方英里的面积上，从罗马尼亚到俄克拉荷马都发现了它们的化石残留。同时，在这些海绵礁西南 150 英里处，超过 1 英里深的水下，一群隔绝的火山口造成自然界中测量到的最高海水温度（温度超过华氏 700 度）。被几乎无生命的深海沙漠环绕，这些热“绿洲”维持着奇异的生态系统，每平方米富有数以千万计的生物。

1977 年，戈登・本瑟姆设法从一个万库弗岛园丁那儿弄到一些金针云杉幼芽，像斯基克莱的一样，它们是从树的上半身上剪下的，表现出这类树种普遍具有的树枝的斜向性。还是只有很少的剪枝成活（在私人花园），其中有一对是 1983 年本瑟姆送给罗伊・泰勒的。当时，泰勒把 5 岁的树种植到大学植物园荫蔽、偏远的地点，希望它们能顺利长大。10 年后，它们还活着，但只有 6 英尺高（正常云杉此时应该近 50 英尺高了）。也就是这时，一个大学的园丁艾尔・罗斯大胆尝试把小矮树搬到稍微有阳光的地点，就是在那里，靠近本土植物区一条安静的小路，泰勒的接任者，布鲁斯・麦克唐纳，发现了它们。完成《太阳报》那篇有关树被砍倒的文章的 24 小时内，麦克唐纳接到了美国有线新闻网络、《纽约时报》，还有远到德国和日本的电影公司的电话。

麦克唐纳立即通知海达部落委员会，主动提出给他们一棵，但是这引起了一大堆问题，他和海达人都很难解决。首先，剪枝是在未经海达人允许的情况下进行的，在一些人看来就是偷窃的财产；那么，对在完全不同的状态下归还金针云杉的要求，怎样回应才合适呢？其次，树不是在岛上生长的，如果不是育空河谷培养的，还是同样的金针云杉吗？这些问题出现的时候，北美部落正开始挑战博物馆在大厅展出、在地下室储藏部落骨头和艺术品的权利。海达，尤其成功地遣返了一些资源后，对麦克唐纳的善意提议深感棘手。但是，他们对麦克唐纳挖了两棵最健康的样本准备运回岛上的做法非常感兴趣。树的根球用粗麻布包裹，被带到植物园护理起来，它被放在那里的锯末堆里，除了按时浇水不用管理。与此同时，联络了加拿大航空公司，他们主动提出将树免费空运到岛上。南方一切就绪，但部落内部还未达成一致，树应该安置在哪里，由谁来管理。随着争论的继续，关于格兰特和树的风暴自行停息了；其他问题，如北部岛屿持续的皆伐，被提到了首要位置。通常一棵6英尺西加云杉可以"在储藏中"存活，几乎是没有问题的，只要给它浇水，但大学植物园中的金针云杉要不稳定得多。移动造成的严重压力使它的针叶开始掉落，6个月后树就死了。

当麦克唐纳正在计划移动大学的样本时，海达人正在咨询当地的麦克米伦·布洛得尔林业官，他们支持海达拯救树的努力。这是悲剧场面中的惟一幸运：如果格兰特是在一年中的其他时刻砍树，几乎就没有希望了。幼芽只能在12月和2月间剪取，那时北海岸的树最旺盛。冬季几个月也是幼芽在来年春天萌发和夏天成型的关键时期。芽是幼树成活的关键，否则就无法继续。又一次，金针云杉的命运取决于那细小、活跃的一团和很难达到的理想环境，就像300年前一样。

树倒伏在地上的另一个优势是现在可以从最顶部剪取最有生命力的幼枝，顶端优势——向上的推动力——最强。在海达领导层还在争议是使树复活还是顺其自然时，赞成剪枝的一方获胜了。即使这样，还有一个未决之处：鉴于以前的繁殖记录，无法保证会有更好的结果。麦克米伦·布洛得尔公司的厄里·巴德索基于海岛的立场，和万库弗岛南端的林业部考维昌湖研究站达成协议，从育空河岸躺倒的树剪了约80支幼枝。处理切除的树枝和处理人类四肢的方式很接近：用潮湿的报纸或塑料袋包裹金针云杉的树枝，用冰镇冷却器空运到南方，在那里，分给三个不同的培育者，分别用不同方式来争取最大的成活率。大多数树枝给了考维昌湖研究站的嫁接专家罗安尼·帕尔莫，他放下手头的一切，立即投入工作。帕尔莫觉得自己是在进行一项独特的任务，当她打开包裹，幼枝即使在半冻状态，仍保持着惊人的金黄品质。她做过几千次嫁接了——每天就多达600次——但从来没有得到过这么高的树桩。当斯基克莱剪枝时，母树还活着，而且健康。这次，如果嫁接失败，就再也没有机会了。

嫁接是一个古老但特别简单的过程：就像一个园丁说的，“你要做的就是把两个伤口合在一起。”不过，需要有技术的园丁和善于适应新环境的植物，玫瑰和水果树是最常用的，但很多针叶树也可以。帕尔莫要用侧面单板嫁接法嫁接，包括把两寸的幼芽贴放在正常西加云杉种的茎上。做侧面嫁接，在接触点幼芽和根茎都要削掉皮，然后用普通橡皮圈将两者绑在一起，最后涂一滴蜡在接口上面，防止水分进入。帕尔莫做了40枝，另40支剪枝直接插入准备好的土壤里。所有和金针云杉有关的人都同时屏住呼吸，目送这些小克隆树被一一搬到温室里，它们将在那里自然生长。假设它们经受住了嫁接和种植过程的考验，还要再过 2 个月才会萌芽，到那时幼芽可能存活并生长。一旦跨过这道坎，还要至少 6 个月的精心浇水施肥，才能保证安全地剪掉根茎上的其他枝条，以便让金针云杉幼芽成为主角。活过了这一步，还要再过 2～3 年，这弗兰肯斯坦式（人造怪物）的金针云杉才能做移植准备。在这漫长费力的过程中，有很多可以让事情出错的时间和空间，但没有人质疑这样的冒险和麻烦是否值得。这些剪枝的成活，预示着斯基克莱和本瑟姆两人未曾拥有过的幼芽会长成树而不是树枝。如果帕尔莫的嫁接扎根发芽，一切顺利，一棵真正的金针云杉会再次给育空赋予神奇和荣耀。

第十三章　荒原狼

……野兽
也有佛性
只除了
荒原狼。

——加里·施奈德,《生而为人的机会多么珍贵!》

4 月,就在对格兰特的搜寻松懈下来的时候,罗安尼·帕尔莫植物园中的金针云杉幼芽旺盛起来。6 月中旬,1 英寸新芽长出来的同时,格兰特的皮筏和宿营用品在玛利岛被发现了。对外面的人来说,似乎金针云杉幸存的几率远比格兰特大。但是,在玛利岛的发现不是证实他的死亡并了结案件,而是在警察和认识格兰特个人的人们中间重新勾起了过去的怀疑。残骸碎片也许是合理的海上遇难的证据,可是基于调查者对格兰特的认识,也同样有理由猜想船只失事是人造的假象。如果停下来仔细想一想,皮筏出现在缘极的岩石上是有很多可能的方式的。

根据电脑设计的情节，格兰特的皮筏可能随着这个季节的盛行风从赫卡特的任何地方漂进雷维拉吉哥多海峡。这就引发了一大堆可能性：在去马萨特的途中翻船了；沃尔基肖警官猜测他可能在海上遭到了枪击；考虑到那个地区航运交通的数量，也可能被另一艘船撞翻——意外地，或故意地。不论发生了什么，几乎可以肯定，格兰特的皮筏在到岸前一直完好无缺。驾驶舱里充满水，那说明船可能是超载的，原木、漂石和波动作用会很快打烂它，释放出船上的东西，其中大多在附近被发现了。消失的是格兰特的桨和泵，当然还有他自己。毫不奇怪，他没有穿救生衣，很可能从来没有穿过，因为救生衣还没有拆封。格兰特的食物也不翼而飞，但是动物可以在几个小时内就把它们打扫得一干二净。

翻船事件中，如果格兰特待在驾驶舱里就不会知道怎么把船翻过来，在最有利的情况下这也是很难的操作技巧，尤其对深海里满载的 8 英尺船来说。这意味着，他要弄出皮筏手所谓的“潮湿出口”，然后才能把船再反转过来，爬进去。前后舱盖都是密封防水的船才能漂浮，但驾驶舱会进水。即使他设法跳出驾驶舱（在恶劣环境下这很有挑战性），体温过低的警钟已经敲响了，很快有耗尽的危险。身体热量的丧失在水里比在干燥的空气中快 25 倍，而 2 月的赫卡特海峡平均水温在华氏 40 度左右。即使不考虑风寒的因素，这也会让一般人在半小时内就丧失各种肌体功能，再过一两个小时大脑就完全失去意识。格兰特对寒冷有极高的忍耐力，训练有素，状况良好，可能会坚持更久一些，但除非格兰特靠近岸边，否则只能是痛苦过程的延长。如果格兰特真的把船翻转过来，海浪、雾和黑暗也会使他完全迷失方向，即使能望见陆地，逆风、海浪和潮流都会轻易将其冲走。

假设格兰特成功靠岸，他还需要热源来避免体温的全面降低。在克卢左夫岛逗留后，格兰特的存货（干火柴和咖啡）已经少得可怜，这是他可能拥有的一切了。虽然喜欢冒险且明显不易受寒冷干扰，有 30 年独自野外生活经验的格兰特还是会非常注意体温降低带来的危险。如果他设法稳住了体温，就可以继续前行。以前和他同住的同事保尔·波聂尔对格兰特在森林中的毅力、耐久力印象深刻，"我了解他很多，"他说，"他似乎囊空如洗也能活下去。他认识所有周围的植物；还介绍给我一些可供食用的植物。"

格兰特在埃文斯木材公司的前主管考利·戴弗，也同意保尔的说法，他说，"基本上，你们在对付这样一个人，不需什么物资，无论置身于地球上的任何地方，都能顺利渡过难关，完满归来。"

根据骑警麦克范伦的观察，北海岸不仅是隐藏尸体的好地方，还能吸收活人，不少人相信格兰特就是被它收去了。这也许就是格兰特最终想要的：完全沉浸在感到最舒适最自我的环境中。如果是这样，正好使格兰特和海达人结盟，海达人在各种情况下都可能是格兰特的支持者和保护者。海达现任族长果昭在和另一个皮筏手讨论当地伐木业时说，"没有任何的计划，一个接一个砍伐资源。周而复始，变化无常。"至于格兰特"他不用钱买日用品。只要离开皮筏上岸，脱了鞋子，径直走进去。"

这正是格兰特可能做的。过了辛普森港某处，他可能登陆荒蛮、空荡的海岸，把他的船推到海里，然后走进森林。

麦克范伦警官和加拿大同事加利·斯卓德下士支持这种假设，他认为，船只遭难似乎和时间间隔及发现船的崎岖环境都不符合，这就使事情极大地复杂化了。此外，还有另外两个细节：第一，在一般漂流条件下，格兰特的空皮筏几天内就能被冲上岸，第二，格兰特第一次离开当天买了 300 元钱的食物——这对 5 天的航行是过多的供给。不过，斯卓德下士发现，还有一件事更令人费解：那就是格兰特斧头的位置。他想知道，这么重的东西怎么跑到高潮线上去了？

麦克范伦警官也对这个问题感到迷惑。他推测格兰特自己把皮筏弄烂，伪造意外现场。大笔的食物账单和船体相对磨损很少支持着这个假设。人们会想，为什么格兰特要在一个岛上竭尽全力这样做，而游上 5 英里就可以到达陆地，除非他打算在那里生活一段时间。马利岛面积为 8 平方英里，森林从未遭受砍伐；食物和淡水充足，还没有人为了寻找躲藏者而搜寻过该岛。如果情况不是这样，还有什么选择呢——一头熊把斧头叼上了岸？还是遇难者丹尼斯·哈令顿（罗）移动了它？这不太可能，因为丹尼斯是在岛的另一面获救的，加上有脚伤，不可能走的很远。几乎可以断定沃尔克是第一个发现斧头的人，而且是纯属偶然。甚至在他向海岸巡逻队描述了具体地点以后，巡逻队也无法找到位置，直到沃尔克回去把皮筏的一大块残片钉到树上。格兰特的财产里还有刮刀盒，里面有一只药瓶。麦克范伦警官说，除了格兰特的名字，标签已难以辨认，他们就把瓶子扔掉了，他不记得瓶子是空的还是满的。

库拉·格雷被看书的梦惊扰：一天早上醒来，看见一个穿绿色雨衣的人脸朝下漂浮在海里某处。但是很难知道如何对待这些梦里的现象:她也许真的见到了什么人,也许是格兰特的牙医记录上的同一个人,但是格兰特的雨衣是黄色的,而且格兰特离开皮筏时也没有穿雨衣。我们知道这点是因为在缘极发现了和他其他的雨具放在一起的雨衣。无论如何,在这种情况下,这样的命运是可以想象的。但另一个认为见到了格兰特的女人——格兰特的前妻玛格丽特,却认为事情并非如此。玛格丽特虽然是个虔敬的基督徒,却两次去咨询心理医生。她说先知告诉她曾看见格兰特还活着,在英属哥伦比亚南部,他的健康状况很差,但正在为了糊口干活。不过这听起来不像是格兰特,因为格兰特即使是被胁迫也不会为糊口而劳作。

在这段时间,海岸上下各种宣称见到格兰特的情况中,有一个引起边境双方官方的兴趣。8 月 31 日,格兰特的皮筏被发现的 2 个月后,有人目击一个符合格兰特特征的人在阿拉斯加的派里肯上了渡船,那是芝加果夫岛的一个小渔村,位于西加北部。显然,格兰特被赶出了镇子。这个人有六项细节都符合到处张贴的失踪者格兰特的相片,所以人们电告了鲁珀特王子港加拿大皇家骑警队。渡船是开往阿拉斯加州首府朱诺的,一个叫泰勒的警官在那里见到了嫌疑人。在回答泰勒的询问时,嫌疑人说自己是鲁珀特王子岛上的人,正在度假。泰勒警官还是有些怀疑,取了那人两个拇指的指纹,传真回鲁珀特王子港。虽然连指纹都惊人地相似,但最终还是确定不是同一个人。从那以后,格兰特或任何相像的人都没有再引起官方的注意,所以流言乘虚而入:

他被印第安人杀了。

他在美兹亚丁连接处(海得东边路口的一片荒野)经营蹦床。

有人看见他在朗盖尔岛(西加和凯基肯之间)。

他在美国监狱。

他在西伯利亚。

格兰特较小的孩子们——现在已经20多岁了——一直抱着希望,这么多年来父亲仍活在人世。他们是心理学家叫做“模糊缺失”的受害者。任何情况下失去父亲或母亲都是毁灭性的打击,但是完全无法确定,格兰特是真的去世了,还是某一天会突然回来,这是尤其残忍和痛苦的。而玛格丽特则相反,她一直试图让丈夫被宣布死亡。沃尔金肖警官相信格兰特活着:“我所有的警察直觉都说这太蹊跷了。”大多海达人有同感,还有不少认识格兰特多年的人也是如此:“他可能在任何地方,”考利·戴弗推测道,“从弗雷泽谷到普拉德霍湾。”

“我们都认为他活着,”艾尔·万得罗说,“任何跟他打过交道的人都认为,他总会死里逃生。”

这些不是凭空的说法,格兰特原来的老板甚至多年后都不想谈论格兰特,因为他担心如果他说了批评的话,格兰特不论在哪里,都会发现并回来找他算账。杰弗里警官确信格兰特淹死了,但是斯卓德下士不太相信。“如果验尸官让我证明他是死了,我做不到,”他说,“疑点太多了。”

其中一个疑点远在加利福尼亚。2000年感恩节周末,有人在“月神”上用链锯锯了一个差不多是致命的砍口,这棵巨大的洪堡郡红杉闻名遐迩,因为环保主义活动家朱莉娅·巴特弗莱·希尔曾在其树枝上生活了2年。就像金针云杉一样,砍口没有立即使树倒掉,但是不能抵抗大风(后用重钢架固定,至今还活着)。尽管和格兰特的手法一样,对“月神”的攻击仍可以断定是当地伐木工所为,因为他不是被那个贪婪的缺席地主查尔斯·霍尔维茨所激怒,后者正在清算那片森林去偿还其他的债务,而是被自以为是的环保主义者的乱管闲事所激怒,因为西海岸大多伐木工认为伐木是上帝赋予他们的权利。“800 年成长,25 分钟落地,”一个老伐木工说,“悲哀,但这是我们的生活。”

失踪的前一年,格兰特开始偶尔把自己叫做荒原狼,有时甚至连信都这样署名。相比他人给予的称号,格兰特也许对自身有更深的认识。他当然非常了解荒原狼这样的动物,也不是第一个看出相似之处的人。他和荒原狼有同样的速度、耐力和打不死的品质。与一般的狼不同,荒原狼徘徊在文明的边缘,必要时冲进居住区,然后即悄悄逃回丛林。阿拉斯加州骑警和加拿大骑警认为格兰特案件还没有了结(这样的案件要保留 20 年),但是在西伯利亚没有人愿为格兰特自找麻烦。库拉·格雷记得,格兰特“经常谈起俄罗斯。说,‘如果要我选一个地方住下,那就是俄罗斯。如果你接到我从那里打来的电话,千万别觉得奇怪’,所以,现在如果电话夜里响起,我都不会接。”

第十四章　地平线上

文化绝不会好过森林。

——W. H. 奥登,《牧歌之二——森林》

格兰特在利罗艾特的同事艾尔・万得罗,回顾自己在英属哥伦比亚所置身的空荡角落时所说的话可以代表历史上所有的伐木工,"上帝啊,我从没有想到能砍伐这么多。"任何去过西北太平洋的人都明白他的意思。甚至现在,这些森林仍然给人无边无际的感觉——直到看到皆伐,才会认识到人类在以怎样惊人的速度改变地貌。在那里,空地看起来仍然像伤口,像对自然秩序的违反;但是回到东面,即从芝加哥到巴比伦——我们却很难想象到这点,因为皆伐在我们出生前好几代就进行了。没有树木的宽阔地域在我们看来很正常,甚至很自然。我们往往习惯了用近视的人类中心的方式看待时间,但是树木给了我们另一种衡量我们的进步(还有衰退)的手段。以介于石笋和人类之间的某种速度生长,森林可以作为长期的记忆库,揭示有关我们的环境，甚至我们自己的一切，那是只有我们的曾曾祖父才可能告诉我们的。历史学家约翰·珀林很好地解释了浓缩的森林信息："文明的需求是永无止境的。"

事实上，新世界不是无底的丰饶角，这种认识很早就侵入了人们的意识。到17世纪30年代，海狸已经被从新英格兰海岸彻底消灭了，迫使毛皮商人向西部和北部探索，进入森林。1640年，为了保护直线下降的鹿的数量，颁布了第一个猎鹿禁令（在罗得岛）。早在1700年以前，像波士顿和南曼哈顿这些人口高密度地区被迫从海岸其他地方进口柴禾。这时，一般壁炉80%的热量都从烟囱释放掉了，一膛壁炉每年会消耗20捆木材（大约一个人一个月的砍伐、劈开和堆叠的工作量）。威廉·斯威克兰德，可谓商品分析的鼻祖，在早期就对大多数人看待树木的态度提出了批评："眼前不需要的东西都被付之一炬"，他观察18世纪末的状况时说："如果不小心，森林很快就会稀少……"但是这样预见性的指手画脚没有什么作用。北美木材会变得有限的想法似乎是可笑的——直到1864年，引起轰动的《人与自然或被人类行为修改的自然地理》一书（简称《人与自然》）由乔治·珀金斯·马施出版。马施是来自佛蒙特的文艺复兴人士，他被称为美国最早的环保主义者。在《人与自然》中，他以确定的术语展示了人类行为对自然面貌的负面影响：他在140年前写道："人类，现在甚至很难从这巨大的星球上找到呼吸的空间，但又不能还原到旧世界退回到未开发的大陆，只好等待缓慢的砍伐将地球变为荒废的伊甸园。"那一年（1986）美国加利福尼亚州中部优胜美地国家公园创建，大陆有了第一批联邦保护的树木。

有大量证据支持马施的论点。随着进发西部的蓬勃发展，密歇根州和南安大略的巨大橡树林和松树林在毫无节制的火与铁的攻击下融化了。10 年内，政府机构和科学团体都在敲响警钟，警告愿意倾听的人们，木材浪费、火灾和土地侵蚀的危害，这些都是像秃鹰和荒原狼跟随野牛猎杀者一样的持续砍伐和皆伐造成的。靠近土地工作的人们，那些从事初生地质学和森林科学研究的人，被目睹到的影像震惊了。1898 年，一个森林官描绘北威斯康星州时写道：

> 整个地区几乎都被砍伐光了，松树从大多数混合林中消失了，松类树木大部分被砍伐……差不多一半的领地至少被烧光过一次，300 万英亩土地没有任何树木覆盖，还有几百万亩只是部分残留着以前已枯死和将要死掉的树木。

向西延伸，在大平原上，野牛数量遭到同样命运：到 19 世纪 80 年代，地球上曾数以千万计的大量种群减少到不足 300 种。仿佛新世界被大批魔术师学徒侵入：虽然他们可以召唤蒸汽机、圆锯和夏普斯 50 口径步枪改变世界的能量，他们却不能领会或干脆只是拒绝接受这超人能力的更多暗示。

欧洲人以前经历过这些，尽管他们花了几个世纪才完成北美人几十年就做完的事情，他们也没有什么进展。自己本土的野牛早就消亡了(现在约 3500 只的欧洲野牛是由五只幸存者繁衍而来)。结果，欧洲森林也像野牛一样通过系统的繁殖得到恢复。森林种植学是种植树木的科学，17 世纪中期产生于英国；森林种植规则很快被欧洲的科学团体采用，到 19 世纪中期，树木种植普及到整个大陆（从 19 世纪 80 年代起比利时就开始种植花旗松林）。森林种植越过大西洋，但是，虽然“新”森林在城市公园里萌芽，甚至生长于光秃的平原上。这种科学在 20 世纪 20 年代前还没有用于新世界树木采伐后留下满地树桩的地区，那时只有一些尝试性的实验。

19 世纪 90 年代，约翰·缪尔创办塞拉俱乐部，当原来的居民向西搬迁到海岸，爱达荷州“砍了就走”的伐木社区已经变成了鬼镇。到 1919 年，一队富有的加利福尼亚人组成了“挽救红木团”，最早的便携式圆锯开始出现在《美国科学》封面上。6 年后，当“华盛顿飞人”这样的巨型机器等待把捆木工刚刚用缆绳捆好的树木从西北森林拖出时，“妇女资源保护论者”把自己绑在那些命运注定遭殃的红木上。

链锯和它们的机械化服务员——推土机、集材机和自动装载伐木卡车，使中等身材、体能一般的人都能西北森林中砍倒、锯断、装车和运输。现在，底部直径 10 英尺的树只要 10 分钟就能被砍倒，半小时被完全锯开。然后，只需片刻，抓钩蒸汽集材机——基本上就是履带车上一个可移动的巨爪——就能抓起数吨重的原木，装到等候的卡车上（不再需要圆材了）。理论上，200 吨的树站在那儿 1000 年不被注意，抵抗住了风、火灾、洪水和地震，却可以由 3 个人在 1 个小时内砍倒，砍成原木，运往锯木厂。1930 年，要 12 个人用 1 天时间完成的工作，在 1890 年，要花上几个星期，而更早些时候，如 1790 年，即使能够砍伐这么大的树，也要几个月的时间。

同时，较小的木材可以用堆垛机收获，就像农场的联合收割机一样。这些恐怖的高效率设备可以开过森林，以一个连续动作砍伐、去枝和堆叠树木。20世纪60年代最早引进时，堆垛机只在平坦的开阔地上操作，那种地形在西北海岸很少见。但是可以处理30度斜坡上直径30英尺树木的最新型机器已经开发出来，配有强大的桅灯，可以24小时连续作业。在这种机器的操纵杆后系好安全带，伐木工现在可以碾过山野荒地，舒服地享受空调和立体音响，以他的祖父母从来没有梦想过的速度收割森林。

甚至20世纪70年代后才在森林工作的比尔，都表示惊讶："我从来没想到老熟林会被砍光，"他说。他现在砍伐的树木大多是他的父辈不屑一顾的。"20年前，我们会看着正在锯着的树木说，'我们究竟在这里做什么？'"

维伯的一个同事，54岁的伐木工阿尔·艾因那森，诚实地说明了伐木工的难题。"我喜欢这个工作，"他解释道，指着他正在被砍平的一片荒乱的老熟林。"让这样的混乱文明化是一个挑战。"艾因那森停了片刻，他的主管维伯检查他最后砍倒的树，一只羽毛光泽的大渡鸦停在附近的树枝上，再过24小时那根树枝就不复存在了。100码外，一条陌生的无名的瀑布翻滚着从75英尺高处落入波光粼粼的池塘。艾因那森前天还见到有麋鹿经过；他的同伴注意到鹿的数量在减少，怀疑说是由于狼和美洲狮的猎食，这里两种动物都大量存在。艾因那森继续他的思路："我喜欢伐木的另一个原因是喜欢在老熟林里走来走去。我想，这是一种矛盾说法——一直喜欢着某种东西但却又在亲手将其杀掉。"像100代之前的森林居住者一样，艾因那森也常常打猎和采蘑菇，最后他把自己的工作比作打猎："我试图给动物拍照，但那感觉很不一样，因为你不在其中。”

在这个意义上，伐木业与海军陆战队、医学院，甚至讲故事倒很相似：对我们许多人来说——甚至坐在睡椅上的本书读者——要切实获得经验，必须经历某种流血牺牲。当然，仔细检查之下，我们任何人在生活中都可以存在许多矛盾；屠宰场工人、伐木工、股票经纪人只是比其他得益于自己劳动的人少受一些凌辱。在这个世界上，似乎要取得成功或只是有所作为，都有必要忍受某种道德和认识上的分歧。

艾因那森和他的队伍正在为伐木路砍出一条通道，使重型伐木设备可以到达万库弗岛的边远地点。伐木工的背后就是开凿机，由满载筑路石块的自动倾卸卡车操作，不到 1 公里远就是世界上已知最大的黄桧树，这个庞然大物粗 12 英尺多，树干上覆盖着天鹅绒般闪亮的苔藓。黄桧树是西北寿命最长的树，这一棵的诞生应该比罗马的陷落还要早。环保规定要求保留黄桧树以及周围的一小片高耸的铅笔柏，维伯和艾因那森的老板以后也会后悔没有砍走那些树。无论如何，过了几天，五个人和他们的机器就会把这片包括 9～10 英尺直径树木的 S 形山野变成抓钩蒸汽集材机、伐木卡车或者还有别克轿车可以通行的公路。当这些文字被阅读到的时候，利亚 2 区几百年树龄的雪杉、芹叶钩吻和香胶木将成为遥远的记忆，早已被加工成铁路的旁轨、厚 2 英寸宽 4 英寸的木材，也许还会被循环利用、制成本书所用的纸张。这一切均以空前的速度完成，但是需要代价，机械化导致大量失业。人们看到自己的祖先看不到或不愿想象和预料的结局。“完全有理由说我们浪费了资源，”维伯说，“我们没有 800

年的时间来替换老熟林。过几年，我们就只剩下内脏和羽毛了。”

维伯和艾因那森那样的伐木工由眼前事实能预测到的未来，华盛顿、俄勒冈和北加利福尼亚的同伴早已在经历着了。这些州同样都丧失了它们90％之多的沿海老熟林，而英属哥伦比亚，如今也失去了约60％森林面积。西海岸伐木工经常与当地印第安人发生争执，他们与18世纪琴仙部落的努查努斯以及海达有着比想象更多的共同点：完全适应生活的环境和在其中活下去需要完成的任务，没有怎么准备好做其他的事情。很多伐木工高中还没毕业就进入这个行业，“介于孩童和成人之间，”维伯说，“赚的钱就已经和大人一样了。”就像从事海獭贸易的海达少年，这些人发现自己处于一种几乎无法抗拒的境地里：在这里拥有一套技术，在任何其他地方却无技可施，只能一辈子做下等劳力。在生活费极低的乡间，每年赚5万到10万美元，一下子发达了。在其他地方，凭一己之力，挣到这样的收入简直就是痴心妄想。但是现在，这些能干的伐木工和凶猛的机器正全力向终点冲刺，但愿他们退休前不会无树可伐。

海獭数量暴跌后，海达人回到仅能维持生存的打猎、捕鱼和种植马铃薯上面，大约与此同时，很多西海岸伐木工先是看到自己的收入剧增，达到相当于医师的程度——后又直线下降到校车司机的水平，甚至一无所有。这样，维伯、艾因那森和他们早已倒霉的同事都成了当地煤矿可随时牺牲的金丝雀。到最后，这些现代西北人将不得不起帆远航，离开自己的故土，而富有的外国支持者则又去寻找下一个赚钱的项目。在这里，未来的好生意是石油和天然气(过去的15年里，鲁珀特王子港由于渔业和林业的低迷而流失了25％的人口)。现在，工业的迅速衰落，就像落日快要接近地平线。即便对于适应了城市生活的疯狂速度的人，新的伐木路盘山而上进入这个可爱的乡村角落的速度也是非常惊人的。这就像观看慢速拍摄番红花开花或苹果腐烂的加速效果，只不过是用在地貌改变上面。

在蒙大拿、爱达荷和英属哥伦比亚内陆，对老熟林的砍伐继续高歌猛进，西北太平洋的温带雨林是这条战壕的标志性的末端。除了最北边的矮小林地——阿拉斯加、北加拿大、斯堪的纳维亚和西伯利亚针叶林地带等北方森林——北半球没有什么新的地方可以砍伐了。任何想到中国寻找原始森林的人都将会失望："土壤和水回到它们原本的地方，绿色回归草地和树木。"公元前 2000 年的一个中国人就这样祈祷了。由于伐木业在北半球以不减的热情持续了至少 5000 年，现在活着的大多数人只能目睹老熟林——大树的消亡。虽然因为命运某种奇异的突变，世界上所知的最大树木被保留了下来。

尽管看起来荒谬，几百年来，西海岸老熟林再也看不到了，除了一个公园以外——如果有的话，也只是对很多商业伐木工来说。对伐木工而言，这些树死了比活着更有价值。这里的开发时代还没有结束，惠好公司不仅有木制品生意，还出售未开发的地产，即新砍伐过的可以做殖民地的地方。这种做法在业内叫做"先砍伐再出售"，是短期投资者的梦想：土地拥有者对自己财产的清算不是一次而是两次——先是木材，然后是土地——没有必要做昂贵费时的再种植或管理。

戈登·厄森是惠好公司（原为麦克米伦·布洛得尔）万库弗岛北部分公司的高级管理人员和总工程师。他不但是深受尊敬的森林人，在当地还以发现“科玛纳巨人”而闻名。听一个老木材巡查员说，在万库弗岛南端科玛纳瓦布兰森林里有巨大的西加云杉，厄森就动身前去寻找。因为老巡查员描述的方向很不清楚，加之科玛纳山谷十分宽阔，厄森便乘直升机飞越这个地区。每看到一棵比周围树高的树就让飞行员盘旋飞行，他从舱门倾斜着探出身去，用一条带铅锤的伐木卷尺测量。他测过的树大多高约 250 英尺——对西海岸树种来说已经是很高的了。结果这些都还差得远。当厄森放下卷尺测量“科玛纳巨人”时，铅锤没有接触到地面，直到超过 300 英尺——自由女神像的高度。“科玛纳巨人”成为加拿大现存树木中最高的，也是世界上最高的西加云杉。

厄森毕生从事伐木业。“我喜欢待在森林里，”他说，“所以会坚持做这一行。”他对现在的工作惟一不满的是没有很多时间待在森林里。除了有北美最密集的山狮，厄森的领地还是最大的老熟林木最丰富的保护区。根据厄森的粗略估算，如果每年砍伐 100 万立方米，这个地区剩下的老熟林“容量”35 年就会伐光。不过，应该注意沿海老熟林不一定符合老套刻板的粗树干形象和摩天的高度。尤其是在山坡上，老树往往因为生长季节短和土壤贫瘠而小些。最好的是生长在低海拔和优质土壤——山谷底部等地方的树。这些地方也正好是容易砍伐的，所以大多树木已经消失了。因此，厄森所估算的 2500 万立方米之所以会幸免，可能是因为交通不便和环境限制，也可能是因为质量最差——从美学和经济角度看。而且，没有理由假设厄森所估算的速度过些时候不会随木材市场的变化和砍伐政策的实施而改变。无论如何，可以肯定，技术的进步将使砍伐比现在更加快速和高效。

还是有一些东西从来没有改变：尽管有巨大的动力和惠好及加拿大林业制品有限公司（加福林业）等大公司的影响，木材业继续像以往一样过山车似地升升降降。战争、蓬勃发展期和城市灾难如同地震和火灾一样，预示着这个行业的丰年，而市场滞销和国际关税争执则造成解雇、停业和关闭。同时，老熟林继续被以同样的敬畏、欣赏、贪婪和不敬的混合态度关注着，和威廉·布拉德福及柏拉图的时代一样。在木材业，这些古老的树木被叫做“颓废森林”，因为它们迅速成长的时期早已过去，并经常出现腐烂——这是赶快除掉它们的两个原因。戈登·厄森用伐木工和领导者过去5000年一直使用的战斗口号概括了人们当前的普遍态度：“除掉那堆狗屎，让我从那里收获点儿像样的东西！”

这声明远非表面上那么简单。在一定背景下，好像没有什么特别恶意，反而是滋生于缺乏情感的实用主义。事实上，这和我们开车经过当地五金店去沃尔玛购物广场没什么差别，不管商品的气味多么优雅，满头银发的经营者多么有知识。我们大多数人相信，我们比以往任何时候都拥有更多的自由和选择，而事实上，我们被真正的短见、我们的钱包、诡辩的广告商、不断扩大加强的联合大企业以及对时间的敏感所驱使。这样，林场和“大盒子”商店就有很多相似之处：缺乏长久的性格、美或灵魂，就用所谓的效率和成本效益来支撑。这是资本主义的负面影响，它的根深深植入我们对待自然和生命周期的集体态度之中。

现代森林就像现代零售业一样，现在比以往更严重的是容量和速度问题。厄森所指的“庄稼”，不是100年前的干草或玉米，而是树——在一片地里整齐种植的单一树种，而不是大自然喜欢的混合生长。这些地方是真正的生物沙漠。现在，繁殖树木是为了追求速度，严格根据树种和地区，按照12～80年的周期收获，这是有利于短期投资的最快生长期。这些便于管理的小型林场的树木往往质量很差(可以问任何木工)：柔软多汁，纹理疏松，许多树木根本不能加工成木板。

这就是世界上“有效”森林的未来：可预言的基因改良纤维供应者。不断增加的住房家具——组成我们个人地貌的物品——不仅用木头制造，而且由木制品组成：树木被磨成薄片和锯末，再用不同方式重组成木板、护墙板和建筑材料。这些制品叫做：指形接合木材(小块木头拼成木板)；MDF(高密度纤维板)；OSB(定向结构刨花板)；WB(水泥刨花板)；刨花板底胶合板；水泥木纤维(压碎的木料和水泥合成的板)；绒面革光面板(高档建材纸板)；先路达改良；硬纸板(梅森奈特纤维板，高密超薄型绒面革光面)；刨花板；当然还有已经使用了近100年的胶合板。这些产品的优势是轻便、廉价、容易加工，虽然能引起另一种大量浪费，也是对过去废物的一种利用。数以千万板英尺的老熟花旗松树最终被剥制成胶合板，同样多的西加云杉变成纸浆，用来制造报纸和电话簿。很难想象有人会用2英寸厚10英寸宽的无结松柏或云杉木材制作奢侈物件，但那是木材应该存在的状态。我们正渐渐被迫理解木材的真正价值，它是昂贵的东西。

如果你问一个伐木工，木材的真正价值是什么？他很可能回答，“大约150元一立方米。”但是万库弗建筑承包商邓肯·谢尔看穿了问题的本质，用矛盾的说法回答，“木材是无价的，”他解释说，“但正是因为它这么便宜。”可能听起来很可笑，但这就是我们人类对这种非凡物种的估价方式，自我们第一次拾起一根树枝，树林就一直是我们生存和成功的重要部分。但是现在，谢尔永恒而真实的智慧受到考验了。50 年前，为了微薄的收入，高大壮观的树木被拖出森林，或因为最不可理解的原因，只是被砍倒，留下等待腐烂。现在，伐木公司耗用 1 小时花费 5000 元操作的直升机只能收获少得多的树木。同样人们会看到，为了得到原来无法靠近的老熟林木，伐木工正系着攀爬安全吊带，用绳索降下悬崖。

根据华盛顿合同伐木工协会报道，美国人平均每年每人用掉相当于 100 英尺长 18 英寸宽(235 立方尺)的木材。星期天一版《纽约时报》需要的木材可以装满 1.5 艘“海达勇士”号(几乎是 100 万立方尺)。① 尽管我们对木材的胃口是如此巨大，也被更具掠夺性的力量所超越。随着星球变暖，火灾和虫害比伐木工更快地使西北森林成为废品。到 2004 年 6 月底，西北火灾季节刚过，仅在英属哥伦比亚就发生了 1000 次森林火灾，加上几百次爱达荷和阿拉斯加等地的火灾，火灾形成的烟雾弥漫于从白令海到纽约城的整个上空。同时，近几个冬天都没有被冻死的前所未有的大量山松害虫，在以指数速度繁殖。2005 年，40000 平方英里的英属哥伦比亚内陆森林遭受虫害，2006 年受灾面积即翻番了。遭受虫害的树木通常一年内就会死亡；如果几年内不砍伐，就丧失了作为木料的价值；之后，只能制成纸浆；

① 据纽约时报公司称，大约四分之一的纸张是再生用纸。

留在原地则会成为引发更多森林火灾的燃料。由于冬天不再寒冷，火灾成了大自然控制虫害最有效的方法。大批森林死亡的结果是，整个西北都在进行“火灾甩卖”由害虫杀死或火灾毁坏的木材，增加了每年的允许砍伐量，同时把该省的立木税降低到“抢救率”，这是付给政府的每棵树桩费用，是木材出产州和省的主要收入。这即使对木材实际市场价格没有好处，但对林业工人是个实惠，通常会改善供过于求的局面。

在海达瓜依，降雨阻止了多数的火灾，沿海木材不像内陆那样受到毁灭性的虫害侵扰。人类及随之带来的一切仍然是海岛面临最大的威胁。一个糟糕的讽刺是，在哲学上，格兰特竟和当地人和谐一致：2000 年 12 月，多种族岛民组织举行了抗议，无记名投票反对林业部对海岛伐木业的处理。这样大型的示威已经 10 年没有发生过了，岛上 20%的成年人参加了示威。从那以后，不仅在伐木的操作上，还有海岛本身的地位，都出现了显著的改变。

当海达的土地第一次被殖民时，加拿大西海岸的海达和其他部落都没有和英国或加拿大政府签署全面的条约①。一些部落目前正和加拿大政府协商收回土地，这是些头痛而复杂的协议，最终可能类似于一次性支付现金、土地或当地资源税收的百分比。2003 年，州政府提出给海达 20%的海岛和税收，但是海达人立刻拒绝了提议。部落要求得到完整的海达瓜依，包括周围海域的渔业和矿产权，任何少于该条件的提议都不会接受。这并不新鲜。1989 年正式从渥太

① 一些部落的确签署了有限的当地条约，出让某些煤矿和其他资源权。

华收回全部土地权利后,海达威胁要颁发自己的护照。“我们绝不是想出卖海达人对海达瓜依的权利,”前委员会主席迈尔斯·理查森对记者说,“作为一个民族,我们不会对任何人卑躬屈节。”

这种状况持续了200多年。惟一的改变是海达(和大多北美部落)失去了对其有历史意义的土地、食物来源、个人命运的控制,被迫接受由联邦政府提供的资助。打猎和捕鱼依然是海达人生活的重要部分,欧洲意义上的失业徘徊在80%左右,就像在加沙地带一样。尽管这样,其他部落很少有海达那样的媒体技巧和超凡的感召力。尽管人口统计很严,海达依然是有效的政治和社会力量。这是不可思议的成就,尤其考虑到海达正在复兴民族大业,就像植物学家试图复活金针云杉一样。海达举行的仪式规模盛大,程序复杂,内容丰富多彩,引人入胜,即使是岛外的参观者也能深刻感受到这些活动的精神治疗作用和文化凝聚力。

2002年,海达人打赢了一场划时代的官司,惠好公司砍伐某一地区的森林前必须事先与海达部落议会协商。(注:决定由最高法院2004年作出,但是协商的责任移交给了省里。2003年,在面临世界范围的负面新闻和联合抵制浪潮后,星克巴,国际亿万咖啡综合公司被迫放弃对马萨特一个小餐馆——海达巴克咖啡的侵权诉讼。)结局之一是海岛的年度许可采伐量大致削减一半,但是海达人没有疏远当地英国伐木工,而是与他们联合起来。几代英国居民都是以木材业和渔业为生,他们对岛外强大团体所表明的善意不抱什么幻想。这些偏远、联系紧密的英国居民,大多长期生活在这里,不像很多伐木工,飞入边远森林,砍伐光后又继续转移。2004年,新马萨特和克莱门斯港的英国居民把他们的命运和海达人联系在一起，共同签署协定声明，相对于惠好公司和州政府，他们更信任当地印第安人的管理。与伐木磋商条款一样，这在北美历史上是空前的。签字者之一是克莱门斯港现任市长戴尔·罗。作为职业伐木筑路者，他像其他人一样在森林里有新发现，“我起初是乡下伐木工，”2004 年 3 月确认海达权利的协议草案签署后不久，他对记者说，“你知道如何从你的脑海里除掉皆伐的印象吗？你谈论工作，它又会回来……”但是折磨格兰特的同样问题不断在他脑海中出现：“我们从中获得什么，我们将为未来做些什么?”他想。“我可以抹去那个印象，但我不能抹去结束语。”特别是在夏洛特女王城，岛屿的政府中心，有些人反对海达的权利资格。“这不容易，”罗同情地说，“未知是恐怖的。”但是他接着用格兰特似的语气总结道：“这是因为现状对我们来说明显是毁灭性的。人们不情愿改变。”（2005 年，国际资产管理公司多伦多总部——布鲁克菲尔德资产管理，即前布拉斯肯，接管了惠好公司的沿海伐木业务，包括海达瓜依。很多人感到这种买卖违反了 2004 年最高法院要求州在转让伐木业务前要与海达人协商的规定，因此导致了“海岛精神激励组织”一月之久的伐木封锁，该组织是海达和白人岛民的一个联盟，其中不少是伐木工。）

海达瓜依的命运从微观上代表了西北海岸的命运。有关这些岛——北美大陆的大部——最非凡的一件事是所面对的被滥用的宽容。不像中东广大的沙漠化地带，这个州拥有巨大的再生能力。在北美伐木业的发源地新英格兰，明显的改变出现了，许多因为“二战”

而被弃的农场田地，几个世纪以来第一次恢复到被森林所覆盖的状态。该地区的大多地方，动物群减少到只剩下松鼠、花栗鼠、土拨鼠和浣熊。30 年前，甚至鹿和狐狸都是奇异的动物。不过，经过了几十年的努力，一切都改变了。随着森林的苏醒和狩猎的同步减少，消失已久的物种小心翼翼地回来了，荒原狼、海狸和野火鸡现在都很常见了，秃鹰也回来了。还有足够数据证明，鹿的数量剧增(对当地植物种类造成了威胁)。如果这种趋势继续，不久的将来，黑熊、美洲野猫、山狮和狼都会在新英格兰改变已久的生态系统里重新获得应有的栖息地。东北的河流是另一个问题：大西洋野生鲑鱼数量在过去 20 年里减少了 75%。现在，现存品种主要是人工养殖的，属于拙劣的模仿，它们的肉要染成粉红色，以便看起来像“真的”。

3500 英里之外，连续伐木区的最边上，海达面临更复杂的恢复设想。因为失去渔业和林业工作，英国人口在过去的十年里减少 10%，而当地人口则在恢复。同时，再引进海獭的计划遭到憎恨潜在竞争的渔民和鲍鱼捕食者的持续反对，尽管事实上是人类毁坏了岛上曾经富产的鲍鱼。海岸上还有另一个困惑：1908 年最后一只道森北美驯鹿被杀死后不久，西加黑尾鹿被引进到海岛，因为没有天敌，黑尾鹿的数量猛增，现在已经有几万只了。没有预料到黑尾鹿最喜欢的食物是林下叶层：铅笔柏种子和沙龙白珠树。和一个世纪前相比，这些岛给人的感觉像公园：这决不是夸张，你可以望到几百英尺以外。风景很漂亮，但雪杉幼树的缺乏令人担忧。几千年来，雪杉一直给海达人提供了住房、衣服，成为海达的主要特色。现在雕刻者都不知道到哪里去找下一代图腾柱。西加云杉情况稍好；在育空谷，20

世纪 60 年代皆伐后新种植的树木已经长到 100 英尺高了。不过，一些海岛和山坡由于皆伐后的严重侵蚀，看起来仍然像是被活剥了皮似的。新种植的森林是否会达到它们野生祖先那样既优雅又魁伟的状态，还要看情况的发展，或者看最终管理它们的人是否有耐心和愿望去发现。

尾声 复 苏

它多么像是梦中出现的。

它还会在那儿站立多久?

——W. S. 默温,《砍树时》

克莱门斯港经受了很多磨难,不仅失去了吉祥物(金针云杉是该镇标志的核心),而且同年 11 月,白化渡鸦在金针云杉汽车旅馆前的变压器上触电,突然死去。真正的白化病渡鸦——不是灰色或杂色的——是没有听说过的。要了解这些鸟类多么稀有,可以试想一下:阿拉斯加和英属哥伦比亚一共占地近 100 万平方英里,包括大陆上最多数量的渡鸦,但阿拉斯加有史以来的鸟类观察和搜集从来没有报告过发现一只活的白化病鸟。同样,克莱门斯港的渡鸦是在英属哥伦比亚看到的惟一白化渡鸦(它被填充、展览在镇上的伐木博物馆里)。渡鸦是海达万神殿中最强大的动物,是渡鸦引领第一批人类进入这个陌生世界。根据一个著名的海达故事,渡鸦开始是白色的,从一个大屋的烟囱飞出时才变成黑色，它给因一个强悍酋长而变黑的世界偷回了光。在一个奇怪的神话续集中，白色渡鸦的死亡方式使克莱门斯港完全黑下来。为什么两个独特的发光动物会同时反常地出现，又以这样奇异的方式死去，在同样偏远的岛上，相差几英里，时间差几个月，谁都不知道。科学和数学几率微乎其微，只有靠神话、信仰和单纯的奇迹来解释。

对海岛上的大部分人来说，金针云杉是温馨又哀伤的回忆。失去亲人的人常说一盏灯从他们的生活中消失了，金针云杉也是这样，它的失去更加令人惋惜，因为它长在如此缺乏阳光的地方。“这里经常下雨，”长住岛上的人说，“总是阴沉沉的，但好像总有太阳在金针云杉上面。”

在宽容和达观的疤痕组织下面，存在着挥之不去的痛苦，像以往一样尖锐。在一次吉仙长者聚会上，人们推测着格兰特的行踪，很显然认为格兰特还活着。其中一个人说他可能会回到岛上来，最老的钩编工艺师，被大家尊称为“老祖母”的 80 多岁的桃乐茜 · 贝尔，摇摇头说，“如果他敢来，”她怀恨地咕哝着，“我希望把他吊死。”这已经是树被砍倒后 5 年的事了。

在一次有关格兰特的类似讨论中，有一群独木舟经营者，其中一个在不知情的情况下曾在鲁珀特王子港与格兰特相遇，他说，“如果我知道是他，我会把他从我的船上掀下去。”当重机械技工东 · 比格在 2000 年 12 月绑架一名年轻的海达妇女时，戴尔 · 罗表达了同样的憎恨情绪。在马萨特被逮捕并定罪后，比格被戴上镣铐，用水上飞机押到鲁珀特王子港，还有其他乘客，包括听审案件的法官。飞机到达赫卡特海峡的中央时，比格决定跳出飞机，当时有一名110磅重的警察护卫靠在他的腿上。结果，比格设法自己出去了，下落5000英里，坠入阴沉的海里。比格的尸体一直没有找到，不过一周内一个短小的黑色幽默流传开来："希望那个混蛋砸到格兰特的身上。"

相对来说，这里多数人对格兰特的感觉就像美国人对蒂莫西·麦克维——一个来到他们的地方并杀掉某种珍贵之物的外邦人一样。如果他们能抓住麦克维，麦克维一定要付出代价。就海达人而言，格兰特是又一个来他们岛上掠夺东西的白人，只留下另一种外来的疾病：恐怖主义的紧张。格兰特得到了应有的报应，不管他是死是活，实际上他成了海达人所谓的幽灵。这个词的字面意思是"被带走的人"，指一个人在冬天翻船且几乎淹死，并因此变疯。舞蹈面具上描画了这种动物，狂野、锐利的眼睛，蓝色或绿色的皮肤，表明长期暴露在寒冷的水里。脸颊有时用海胆刺装饰——代表这个幽灵为避免饿死而必须沉沦的深渊，在动荡孤独中跌来撞去。但是，如果有恰当的装备，按照一定的仪式，可以把幽灵抓住并使之恢复人形，就像欧洲人用爱、治疗和药物对待精神上有创伤或有精神疾病的人。艺术家罗伯特·戴维森的祖父把幽灵描述为"一个精神太强大而不会死的人"。海达人戴维森说，"在这个意义上我们都是幽灵"。

伊安·洛登是《观察家》报道金针云杉故事的记者，他的报道极力揭示了故事的细微差别和复杂，极力使人们理解历史是在两个层次上建立起来的。"我们正目睹一个新的海达故事，"洛登解释说，"某种意义上，金针云杉的死，使我们很幸运地目睹了开启新海达进程的事件的发生。"

金针云杉死后，人们设想了好多纪念方法。包括：把树雕刻成图腾柱，为育空河守夜；把树干分成小块，分给突出的海达艺术家，让艺术发挥自己的创造力；或者把木材加工成吉他。西加云杉是世界上最适合制作吉他的木材，他们准备加工一把特别的“金针云杉版”高级吉他。最终，没有一个想法付诸实施，其原因有多种：从无路的原始森林运出这样巨大的树木，需要的后勤工作太多；云杉比雪杉雕刻难度大得多；还有人的惯性；内部意见不统一以及对死者的尊敬等等。

同时，金针云杉本身具有生命。事实上，金针云杉有很多生命形式，它也成了滋养原木。现在，树干上覆盖着一层厚绒毛般的幼树，每一棵都在试图创造奇迹。树的再生能力还表现在更令人惊异的地方。它以一种非凡的适应力，驾驭寄生在身上的同类，让它们成为它成功的工具。在麦克米伦·布洛得尔、哥伦比亚大学或夏洛特女王岛，没有人知道，金针云杉已经成为世界上最闻名的西加云杉。而这一切都是因为一个人。

1980 年春天的一个下午，宾夕法尼亚的中学科学教师鲍博·芬查发现一个大盒子立在他的车库门口，盒子是从加拿大一个陌生的地方寄来的。不过芬查是热心的针叶树木搜集者，是一个乐观主义者，他满怀希望打开了包装。里面是几棵植物，用塑料加仑罐装着，其中有西加云杉。他了解很多针叶树木的知识，而且擅长培植——按照审美标准为花园进行物种变异繁殖——但是他从来没有见过这样的树，也没有听说过寄件人的名字——戈登·本瑟姆，维多利亚超级市场肉商和针叶树种爱好者。本瑟姆也是个乐观主义者，听说过芬查及其非凡的收藏，他寄给芬查一棵他刚得到的金针云杉嫁接枝，希望会有同样不可思议的收获。这个意外礼物催发了他们热情的友谊，一直持续到本瑟姆1991年去世。

芬查的金针云杉和罗伊·泰勒为哥伦比亚大学得到的（也是来自本瑟姆）是同一代嫁接枝。这一棵和其他的一样矮小、倾斜，从没有结出过松果，除此以外，它很健康。它甚至挺过了去华盛顿州的跨国运输，生活在芬查的新针叶种植园里，那里包括1400种来自世界各地的针叶培育植物。其中有一些是金色的，但是芬查说都没有这棵这么光彩夺目，他称之为"本瑟姆的阳光"。"人们从远处望见它，"他的妻子黛安娜说，"就想走向它。"

除了搜集稀有针叶树木，芬查一家还出售部分针叶树木。自从鲍博·芬查的特殊园艺才能扩展到了嫁接，他已经悄悄地和世界分享"本瑟姆的阳光"20多年了。这棵树的剪枝生长在瑞典、荷兰、澳大利亚、新西兰、南韩、美国各地以及其他地区。一加仑罐的一条剪枝价格是40元，含运输费。但是竞争最近激烈起来，芬查的一个受益者，华盛顿的战场收藏者育苗圃在他们的网站上发布了如下广告：

西加云杉"本瑟姆的阳光"——新嫁接20美元

> 最新！充满传奇色彩的300年树龄的金针西加云杉的一段历史，野生在云雾笼罩的加拿大夏洛特女王岛，海达印第安人的圣树，悲惨的命运结局。1997年一个抗议者砍倒这棵树，以反对人们对皆伐的普遍冷漠态度。他在出庭前神秘失踪，可能已死亡，只找到他残破、变形的皮筏和基本的露营用具。一个应有

尽有的故事——历史、神圣的象征、悲剧、神秘。剪枝来自砍倒的树上,已努力按照原来的形态进行嫁接。请在美国针叶林协会1997年秋季公告上阅读故事全文。

芬查是知名的针叶林专家,正在修订克吕斯曼的《人工栽培针叶树手册》(木材出版社),那是该课题的标准参考文献之一。除非有人在出版前提出反对,新版中将包括金针云杉,以其名字或"绰号"——"本瑟姆的阳光"出现。在园艺界里,负责命名新植物的人或培育者成了它的"作者",因此,金针云杉的作者奥斯卡·斯基克莱使用了已经采用的绰号。在澳大利亚,一个淡绿色——根本不是金色——的西加云杉培育者已经使用了这个名字。但它也是无效的,因为自从1958年以来,培育者的拉丁语绰号不被国际培育者登记权威机构——官方植物分类仲裁者——正式认可。同年,新的分类政策制定了,包括拉丁语,作者的本族语。比如,芬查的西加云杉"本瑟姆的阳光"。海达人将如何或者是否回应还不得而知,不过他们现在有更迫切的问题要处理,最重要的是如何恢复他们从没有正式放弃的海岛控制权。

2000年的春天,罗安尼·帕尔莫宣布其嫁接的金针云杉已经准备移植,它们像艺术珍品和受控物质那样受到谨慎的对待。由于不了解芬查的克隆技术,海达人坚决不许把剪枝带走,除非它们的分配是在部落的控制之下进行。他们主要关注的和40年前的麦克米伦·布洛得尔相似:不想让树或树枝商业化,或被侵略性的收藏者变成纪念品。林业部同意了这些条款，剪枝由海达托管在安全的地方。因为它们来自金针云杉的不同位置，很可能和芬查的第二代克隆有明显的差异。

2000年，海达给了克莱门斯港一棵罗安尼·帕尔莫的嫁接树，它被种在教堂旁边，在镇上的新千年公园里。在那里，它可能是海达瓜依最安全的树。纺锤形细长及膝高的树苗被8英尺高的连续篱笆所围绕，篱笆顶上有带刺的铁丝网保护。2001年6月，一组海达长者举行秘密仪式，另一棵剪枝被种在育空河岸的树桩旁。两棵树都在庇荫处生长，看起来非常健康，金针点缀在绿色丛中。只有时间会知道它们是像其他人工培育的金针云杉一样矮小，还是会完成来自它们母树的金色皇冠的崇高使命。